不可思議

フシギ

真梨幸子

まり ゆきこ

王蘊潔——譯

目次

在此先聲明。

本作品是將我自己的體驗，以及所見所聞的各種「不可思議」寫成的小說。

作品中出現的人物姓名和公司名稱基本上都是化名或是縮寫，而且也略作修改。當然為了保護隱私，我也略微修改了自己的情況。為了避免讀者找到相關的人、相關的地方，所以有些地名和專有名詞也都使用了虛構的名字。

「是不是那個地方？」

「是不是他？」

「書裡提到的公司是不是——」

讀者要如何猜測當然是個人自由，但希望各位適可而止。因為即使真的找到了，也不會有任何好事發生。相反地，只會帶來後悔。

前言就到此為止。

接下來就是小說《不可思議》裡的故事。

第一個故事是關於「M公寓」的事。

M公寓

マンションM

1

那是二〇一九年五月的某一天。

「言歸正傳──」

坐在對面那個鮑伯短髮的女人把茶杯放回了茶托，緩緩挺直了身體。來了，來了，該來的躲不過。

我也挺直了腰桿。

這裡是港區赤坂的一家法國小餐館。我們享受完高達六千圓一份的套餐，甜點剛送上來。

我點了綜合甜點盤，坐在對面的鮑伯短髮女人和她身旁的莫霍克頭男人也點了同樣的甜點。

只有坐在莫霍克頭男人旁邊的落腮鬍男，點了馬斯卡彭起司什麼阿里不達佐雪酪。

乍看之下，這個落腮鬍男似乎是其他兩個人的上司，但看了名片之後，發現似乎並不是這麼一回事。因為他的名片上完全沒有任何頭銜。

從名片的頭銜來看，莫霍克頭男人才是其他兩個人的上司，因為他是「部長」。只不過在出版這個行業，「部長」未必是最大的主管，經常會發生同一個部門內有好幾個「部長」的情況。在某些出版社，只要有一定的年資，阿貓阿狗都可以升部長。前幾天去開會的T出版社就是這樣，只是我不知道這家出版社的實際情況如何。

淀橋書店株式會社。

雖然這家出版社的名字和量販店「淀橋相機」很像，但兩者完全沒有關係，名字相同純屬偶然。雖說是偶然，但其實也是必然。淀橋相機這家店是因為位在新宿的「淀橋」，所以才會取這個名字。淀橋書店也和新宿的「淀橋」有淵源，於是就根據地名，取了公司的名字。

淀橋書店創立於大正十五年（一九二六年），關東大地震後，在淀橋開的一家租書店，成為這家出版社的起點。戰爭期間一度歇業，但戰後重新出發，成為一家專門出版推理小說的出版社。在昭和五〇年代（一九七五年至一九八四年），每一本淀橋推理文庫都創下百萬銷量，掀起一股熱潮。進入平成年代之後，受到出版不景氣的影響，一度面臨破產危機，但靠著手機小說，這家出版社像不死鳥般浴火重生。這幾年，搭上了尺寸瘦長的「新書規格」熱潮，推出了很多紅極一時的作品。

最近一本暢銷書應該是《靈感減肥體操》。將無論何時都備受關注的主題——超自然現象和減肥相結合，再搭配時下熱門的肌力訓練，一看就知道很耍心機。最扯的就是書名簡直蠢到不行，但這種蠢到不行反而打中了讀者，這本書至今仍然穩坐排行榜的前幾名。實不相瞞，我也跟風買了這本書。

但是，我一直認為這家出版社和自己不會有任何交集。

事實上，我踏入文壇二十四年，從來不曾接過來自淀橋書店的邀約。

這輩子恐怕都無緣打交道……那天我看著書架上的這本《靈感減肥體操》時，收到了一封電子郵件。那是從我踏入文壇之後，就一直合作至今的K出版社寄來的。電子郵件的內容是，他們接到淀橋書店編輯部的聯絡，詢問是否可以將我的電子信箱告訴對方？

照理說，我應該「婉拒」。承蒙厚愛，我目前案子接不完，檔期已經排到兩年後，考慮到每個案子的品質，恕我無法再接新的工作。

而且，一旦和新的出版社合作，就必須處理一些像是提供稅籍資料、指定銀行帳戶等繁瑣的作業，增加自己的麻煩。所以這幾年，我向來都拒絕和新出版社合作。

但是，出版《靈感減肥體操》這種書的淀橋書店，到底是怎樣一家出版社？我對這件事產生了好奇。

而且淀橋推理文庫那一系列書籍是我中學和高中時代的良伴，可以說我能夠有今天，都是拜淀橋推理文庫所賜。說起來，淀橋書店就像是我的恩人。面對恩人的邀約，可以不假思索地斷然拒絕嗎？我因為有了這種想法，於是就回覆說：

「請把我的電子信箱告訴對方。」

因為我認為即使要拒絕，也該由自己拒絕才不失禮貌。

那天深夜，我接到了淀橋書店一位名叫「尾上茉日」的編輯寄來的電子郵件。

冒昧寫信給您……自從高中時代，在圖書館看了老師的作品之後，就成為老師的忠實書迷，從您的第一部作品到最新作品，我全都拜讀過……很希望有機會和老師見面聊一聊，不知道您什麼時候比較方便？

當時，我打定主意要拒絕對方。

該怎麼拒絕呢？我在思考這個問題的同時，順手把電子郵件的捲軸向下滑。

很想和老師分享一件事……就是關於位在八王子的M公寓。

M公寓？

我移動捲軸的手指停了下來。

我當然不可能忘記M公寓。那是我來到東京後，最初住的公寓。

……雖然美其名為公寓，但其實是一棟四層樓的住商大樓。一樓和二樓是店面，三樓和四樓是出租套房。我記得每個樓層都有四戶，總共有八戶。我當時租了四樓的一間附廚房的套房，起初還很高興能住在頂樓，只是因為那棟大樓沒有電梯，每天上下樓梯很麻煩，但我還是在那裡住了四年，連我都很佩服自己。尤其還曾經發生過那些、、、事。

沒錯，我在那個租屋處有過好幾次不可思議的經驗，每一次都難以忘記，在成為小說家之前，我就經常在聚餐時，把那些經驗當作恐怖故事和大家分享，也曾經寫在部落格上。成為小說家之後，我也曾經以M公寓為舞台寫了好幾本小說，上個月還在隨筆中提到。從這點來說，那棟公寓至今仍然讓我受益。

其實我在讀書時，也曾經住在M公寓。看了老師的隨筆，我立刻知道，啊，就是那棟公寓。我當時住在四〇一號室。

四〇一號室！

那正是我以前住的房間。我在那個房間內——

沒錯，我也在那個房間被鬼壓床過。

一陣寒意貫穿背脊，心跳跟著加速。我有點混亂。

時間也很不湊巧。剛好是深夜兩點到兩點半這段時間。

和那時候一樣。我那時候也是在這個時間，遇到了那、、那個。

當時的情況彷彿重現，我不假思索地把手指放在鍵盤上。

接著。

好，那我們見面聊一聊。請妳說幾個方便的時間。

我稀裡糊塗回覆了這樣的內容。

今天就是我們約好見面的日子。

對方約在我家附近的法國小餐館，我經常來這裡吃午餐。

但這是我第一次點六千圓的套餐，平時都吃一千六百圓的午餐套餐。

原本覺得今天吃一千多的套餐也沒問題，但對方點了六千圓的套餐，而且還點了葡萄酒。我平時不喝酒，但為了健康著想，這幾年每天都喝一杯葡萄酒當作藥補。雖然我並沒有提這件事，但當我回過神時，發現葡萄酒杯已經放在我面前。

對方禮數這麼周到，我更難拒絕了。吃了人家六千圓的套餐，還喝了葡萄酒，我實在無法把「對不起，我沒辦法接貴出版社的工作」這種話說出口。我天生就是膽小鬼。

所以在吃飯時，我不停地聊一些無關緊要的事。只要發現對方想提工作的事，我就像是日本童話中的開花爺爺一樣，不停說各種垃圾話題，從昨天看的電視劇，到占卜的事，還扯到了人類滅亡的話題，為自己築起防護牆。不知道能不能像忍者丟煙霧彈一樣，用這種方法糊弄一番後全身而退……？

但，這果然只是我在做白日夢。

「言歸正傳——」

坐在對面的鮑伯短髮女人——尾上把茶杯放回了茶托，緩緩挺直了身體。

來了，來了，該來的還是躲不過。

我也挺直了腰桿。

她一定是要說工作的事……一定想邀我寫稿。怎麼辦？我要怎麼拒絕？我的肩膀不自覺用力。

「關於M公寓的事——」

嗯？原來是要聊那件事？

我有點洩氣，但千萬不能大意。我再度繃緊肩膀。

「啊，就是八王子的M公寓，妳說妳也曾經住過那裡？」

我小心謹慎地回應。

「是啊，我來東京讀大學，第一次一個人住的時候，就是住在M公寓……我十四年前借住那裡。」

她十四年前進入大學就讀，所以目前三十二歲？雖然我數學很差，但不知道為什麼，算女人的年紀卻很神速。

喔——原來她三十二歲，看起來也差不多。我重新打量尾上的臉。

她一頭時下流行的主播鮑伯短髮，柔順的頭髮應該是平板燙的功勞，原本應該有天然鬈，因為我發現她的劉海根部有一撮微鬈的頭髮。臉上化了淡妝，仔細觀察後，發現她的眉毛畫得很仔細，睫毛做過美睫，戴著小巧的香奈兒耳環。雖然她看似樸素，但其實在打扮上投資了不少錢。

她身上那件針織衫看似平價品牌的基本款，但仔細一看，竟然是Burberry。不時從領口露出的項鍊應該不是什麼名牌，但下面鑲了一顆小鑽石，顯然也不便宜。

她的指甲也花了不少工夫。雖然不是很誇張的指甲彩繪，但上面有很費工的裝飾。要維持這麼漂亮的指甲需要花不少錢。

還有那身光滑的肌膚。

那是必須經常出入美容沙龍，才有辦法維持的膚質。

目前被桌子遮住的下半身也不馬虎，有垂墜感的傘襬裙搭配了鑲金線的絲襪，腳上穿了一雙義大利品牌Tod's的低跟皮鞋。

也就是說，她從頭到腳都是完美的富家女打扮。

我猜想她讀的也是名牌大學，畢業之後，進入這家歷史悠久的出版社工作……她簡直就是天生的人生勝利組，和我完全不一樣。雖然我目前住在赤坂的超高層公寓，但在入行之前很慘，尤其是學生時代，更是標準的窮苦學生。窮得超徹底，吃炒豆芽菜就算是開葷了。

她竟然曾經住在我以前租的房子？

她住過那個房間？

我微微歪著頭問：

「所以妳是從二〇〇五年開始租那個房間嗎？」

「嗯，對，沒錯。」

我是在一九八三年租了那個房間，我記得當時的屋齡是四年……

「我租的時候屋齡已經二十六年了，雖然覺得……有點舊，但因為有浴室，房租也很便宜，而且剛重新裝潢過，所以我就決定租下來……啊，對了，我帶了當時的廣告單。」

尾上從腳下的籃子中拿出肩背包，從裡面拿出一張紙……順道一提，她的皮包是女性編輯愛用的CELINE。

「因為那是我第一次一個人生活，所以當時的所有東西都留了下來。」

尾上在說話時，把廣告單遞到我面前。

所謂廣告單，就是去房屋仲介公司時，經常貼在門口的房屋示意圖。

上面有外觀照片、格局圖和房屋的詳細情況。

四樓，附廚房，十八・一一平方公尺，東京都八王子市牛頭町7-×，距八王子車站搭公車五分鐘。

雖然照片裡看起來地板是時下的木地板，啊啊，但房子的外觀，沒錯，就是這裡，絕對沒有錯，這就是M公寓。

看照片，會覺得是普通的「公寓」風格，紅磚外牆很有時尚感。我當初就是被外觀欺騙，租了那個房間……咦？

「含管理費才兩萬八千圓？」

看到房租價格，我有點驚訝。我記得當年含管理費是三萬圓。雖然當時也很便宜，沒想到尾上租的金額更便宜。雖然因為屋齡老舊，房租會降價，但顯然完全沒有考慮到物價指數上升的問題。

我當年住的時候是榻榻米和泥土牆，收納也是傳統的壁櫥。看照片中的房間，已經重新裝潢成現代風格，乾淨又漂亮，而且竟然比我當時的租金更便宜……

「現在的租金比我那時候又更便宜了。」

「什麼？」

「我昨天上房仲網查了一下，發現目前剛好沒有人租，同一間四〇一號室的房租含管理費才兩萬七千圓。」

「八王子的房租行情這麼便宜嗎？」

「不，我想應該是這裡的房間比行情更便宜。我當時也是被這一點吸引，沒有實際去看房子內部就決定租了。」

「什麼？」

和我當時一樣。我也沒有去看房間就決定租了。

那是我第一次獨立生活，也不知道要住哪裡，剛好來到新宿，就走進第一間看到的房屋仲介公司。告訴對方預算（房租在三萬圓以下）和條件（有浴室、有熱水，地址必須在東京）後，對方拿出一張廣告單說：「那就只有這間了。」

房子外觀的照片並不差，因為是四層樓的紅磚房子，屋前還有一排銀杏樹，簡直就像是歐洲的街道。唯一的缺點就是房間朝北，我不喜歡房間光線太暗。

「您不趕快決定，還有其他人在問這個物件喲。」

房屋仲介催我趕快決定。

「我想看一下房間的情況。」

我提出這個要求。

「嗯——」房仲露出為難的表情。

「如果您想看房間，請您自己去看，但您拖拖拉拉，搞不好會被別人搶租走。」

因為房仲的這番話，我連八王子在哪裡都不知道，就決定租那個房間了。

「我要租這裡。」

……我在上個月的隨筆中寫了這件事。當初為了拘泥於地址要在「東京」，結果住到了離都心很遙遠的地方。我的學校在川崎，每天通學成為一件超辛苦的事。

「我讀的大學在八王子，所以通學倒是沒問題。」

尾上露出苦笑說。

「但是我深刻體會到，早知道應該先看一下房間裡面，不能只看廣告單就作決定。」

「妳對那個房間的哪裡不滿意？朝北的問題嗎？」

「啊，這個問題我倒不是很在意。雖說是朝北，但只要打開窗戶就是大馬路，有一種開闊的感覺。而且我只是回去那裡睡覺，所以並不是太在意光線的問題。」

我也有相同的感想。雖然那個房間朝北，但光線很明亮。如同尾上所說，窗戶下方是單側雙車道的國道，也許是因為沒有擋住視野的建築物，所以房間比想像中更加明亮。

「雖然朝北的方向完全沒有問題，」尾上輕輕嘆了一口氣，「……但在簽約後拿了鑰匙，第一次打開房門時……我總覺得聞到一股奇怪的臭味。」

「奇怪的臭味？」

「該怎麼說……有點像是體味，又有點像是豆芽菜爛掉時發出的臭味，也就是所謂的老人味。」尾上可能想起了當時的事，用餐巾掩住了鼻子和嘴巴。

「老人味……？」

「可能前一個租客是大叔，因為房間裡還有菸味。」

「啊，我那時候也一樣。」

「也有老人味嗎？」

「不是，是菸味，而且是很嚴重的菸味，但因為我媽是老菸槍，所以我當時對菸味不怎麼敏感。不過朋友來我家後說：『你房間的菸味很重，你有抽菸嗎？』我才開始很在意這件事……現在回想起來，可能是因為這個原因，我才討厭別人抽菸。」

「如果只有菸味，我應該還可以忍受，但老人味很重……我一打開門就撲鼻而來。我立刻關上門，跑去買除臭劑和芳香劑，結果還是無法消除臭味，我只好又買了空氣清淨機。」

「妳還買了空氣清淨機？」

「對，但是沒什麼效果，結果因為這個原因，我在那裡住了不到半年。」

「因為房間太臭搬家的嗎？」

「不光是因為臭味，還有另一個原因。」

尾上輕輕深呼吸後說：

「我在電子郵件中也提到了，我被鬼壓床了。」

「鬼壓床……」

「老師，您也在那個房間被鬼壓床過吧？您在隨筆中有提到這件事。」

「啊？應該說……」

「您睡在床上時，被鬼壓床了。」

「並不是睡覺的時候，因為我一躺下就發生了，所以是我醒著的時候……」

「我也一樣，一躺上床，那個就出現了。」

「那個？」

「對了，我的床放在這個位置。」

尾上指著廣告單上的格局圖，那是朝北的窗戶旁。

「因為頭朝北睡覺不吉利，所以我的床沿著窗戶放，這樣睡覺的時候頭就朝向西方。」

和我完全相同……應該說，因為房間很小，為了避開柱子，同時避免頭朝北睡覺，床只能放在這個位置。

「那天晚上真的太可怕了，現在這樣談這件事，我都還會忍不住冒冷汗。」

尾上用餐巾紙擦了擦嘴，好像下定了決心，開始說了起來。

「對，那是十四年前，我還沒有適應大學生活，對租屋處的環境也沒有很熟悉，黃金週就到了。但我並沒有回老家，而是整天打工。不知道是否太累了，黃金週結束之後，仍然整天懶洋洋的——」

*

我差一點得了假期後症候群的五月病，於是就去住在朋友家。那個朋友住在自己家裡，她媽媽做的菜很好吃，住在她家很舒服自在，所以我就住了幾天。我星期五去她家，回過神時，發現已經是星期天晚上了。我不能繼續賴在別人家不走，而且隔天還要去上課，所以我依依不捨地離開了朋友家，回去八王子的租屋處。

我搭末班車回家，所以打開家門時，應該已經過了半夜十二點，可能是一點，也可能是兩點，總之就是深夜的時間。

雖然在朋友家很自由自在，但我很累，甚至沒有力氣泡澡。勉強換了居家服，然後就倒頭仰躺在床上。

啊，電燈還開著。我得關燈。

電燈的開關就在旁邊，但我的身體很重，懶得伸手關燈。
算了，今天就開燈睡覺也沒關係。
但也許是因為燈太亮的關係，我遲遲無法入睡。
到底要關燈，還是這樣就好？
正當我舉棋不定時，聽到了有什麼東西打到旁邊窗戶的聲音。
啊，下雨了……我腦中閃過這個念頭。
就在這時，整個視野突然變暗了。
我明明睜著眼睛，而且燈也開著。
卻什麼都看不到。
咦？咦？咦？
我想伸手，手動不了。我試著踢腳，腳也動彈不得。
不會吧。
難道這就是所謂的鬼壓床？
當時我還很冷靜。據說鬼壓床是大腦清醒，但身體已經睡著時發生的情況。既然這樣，只要等大腦也進入睡眠，或是等身體醒來就好。
我甚至可以從容地想這些事。

沙哩沙哩沙哩……

不知道雨是否越下越大，打在窗戶上的聲音也越來越大聲，已經有點刺耳了。

沙哩沙哩沙哩沙哩……

咦？但是剛才還可以看到天上的星星，而且電視的天氣預報也說東京今天是晴天，不會下雨。

不過這裡是八王子，離天氣預報所說的「東京」很遠，幾乎快到山梨縣了。八王子的氣溫也和都心完全不一樣，所以即使「東京」是晴天，這裡下雨也不稀奇。

沙哩沙哩沙哩沙哩沙哩沙哩……

嗯？這真的是下雨的聲音嗎？以前曾經聽過這種聲音嗎？我搬來這裡之後，曾經下過好幾次雨……是這樣的聲音嗎？

沙哩沙哩沙哩沙哩沙哩沙哩沙哩……

我豎起耳朵。

雖然被鬼壓床，奇怪的是，我的五感反而變得很敏銳，聽覺更加敏銳。

沙哩沙哩沙哩沙哩沙哩沙哩沙哩沙哩沙哩沙哩沙哩沙哩沙哩沙哩……

不對，這不是雨聲。

這是有什麼尖銳的東西在窗戶玻璃上刮來刮去的聲音。

對，比方說指甲，很像是指甲在刮玻璃的聲音。

咦？這是怎麼回事？

我豎起耳朵，更專心地聽著這個聲音。

因為除了沙哩沙哩沙哩……的聲音以外，我還聽到了嗚嗚嗚嗚嗚的叫聲。

怎麼回事？是流浪貓？走失的狗？還是狸貓之類的？

因為不久之前，我才在打工的地方聽說有狸貓出沒。附近有許多流浪貓，把垃圾場翻得亂七八糟，還經常遇到走失的狗。

總之，那個叫聲聽起來像是某種動物。

有動物在用爪子刮窗戶玻璃，同時發出了叫聲。

而且還試圖打開窗戶？

正當我閃過這個念頭。

一陣冷風吹過臉頰。

沒錯，窗戶打開了。

雖然我當時被鬼壓床，仰躺在床上，頭也無法轉動，但可以從動靜中知道窗戶打開了。

我渾身冒汗。

怎麼辦？怎麼辦？有什麼東西從窗戶跑進來了！

沒錯，有什麼東西從窗戶溜進來了。

是什麼渾身毛茸茸的東西。

流浪貓？

走失的狗？

狸貓？

還是其他的什麼?
不要、不要、不要、不要……!
毛茸茸的東西在我身上爬!
簡直難以置信!
我很想把那個毛茸茸的東西推開,但身體完全無法動彈。
怎麼辦?這種時候該向哪裡求助?衛生所?警察?還是房東?
雖然我整個人陷入了驚恐,但身體完全動不了,只能任憑毛茸茸的東西擺布。
沒錯,當時我還以為那個毛茸茸的東西是真實的動物,但即使這樣,情況也很糟糕。
萬一牠咬我怎麼辦……萬一被傳染奇怪的疾病怎麼辦……
救命,救命!
我想要大叫,卻叫不出聲音。
就在這時,我終於發現一件事。
咦?
等一下。
這裡是頂樓,是四樓。

為什麼會有動物爬到這麼高的地方？

是怎麼爬上來的？

……而且。

又是怎麼打開窗戶的？

因為這個房間的窗戶是封死的喔？

＊

「封死的窗戶？所以就是所謂不能打開的固定窗嗎？」

剛才點了馬斯卡彭起司什麼阿里不達佐雪酪的落腮鬍男人問了無關緊要的問題，打斷了尾上的話。

「只有下半部分的窗戶封死，上面的窗戶可以打開來透氣，但也只能打開一點點而已，無論貓狗或是狸貓應該都沒辦法進來。」

我回答，尾上也點著頭表示同意。然後我又補充：

「窗戶也沒有欄杆，下面就是大馬路，我猜想是因為這個原因，才會把窗戶封死。因為如果不小心打開，就會頭朝下摔下樓。」

「所以並不是貓狗或是狸貓能夠爬上去的高度嗎？」

莫霍克頭男人問，他的臉頰抽搐著。

「對，沒錯，真、實、的動物不可能爬上來。」

「既然這樣，那個毛茸茸的東西……」落腮鬍男看起來樂在其中，「該不會不是這個世界上的東西？」

但是尾上並沒有回答他的問題。

反而對我們說：

「那個毛茸茸的東西咬了我的肩膀，咬了我左側的肩膀……當時真是痛死我了，我以為自己快死了。就在那個時候──」

*

響起了市內電話的鈴聲。

那是我手機設定的來電鈴聲。因為我喜歡懷舊的感覺，所以設定了市內電話的鈴聲。

但是三更半夜聽到那種鈴聲，不是會嚇一跳嗎？

所以那時候我聽到鈴聲，身體也抖了一下。

然後鬼壓床的感覺就漸漸消失了。

原本一片黑暗的視野也一下子變得明亮起來。

簡直就像是電影或是舞台劇結束時，劇場突然亮起來的感覺。

我戰戰兢兢地看向自己的左肩。

但是並沒有看到任何東西。

我看向窗戶，也沒有看到任何奇怪的東西……沒錯，窗戶並沒有打開。

只有左肩仍然感到疼痛。

我茫然地躺在那裡時，電話鈴聲仍然持續響個不停。

我緩緩坐了起來，把放在托特包裡的手機拿了出來。

是母親打來的電話。

她竟然這麼晚打電話給我。

「喂？」

我暫時放心地接起電話。

「啊，太好了。」

電話中傳來母親的聲音。

啊？太好了……什麼太好了？

「嗯，我剛才做了一個奇怪的夢，所以有點擔心。」

奇怪的夢？

「沒事，妳不必放在心上……妳有沒有遇到什麼不尋常的事？」

有，就在剛才。先是被鬼壓床，然後左肩被毛茸茸的東西咬了一口。

但是我並沒有提這些事。

不知道為什麼，我不想說這件事。

「沒有。」

我冷冷地說。

「這樣啊。」

母親小聲回答。

雖然母親好像察覺到了什麼，但並沒有追問。

「這麼晚打電話給妳，不好意思。」

說完，她就掛上了電話。

我的眼淚立刻撲簌簌地流了下來。

不知道是聽到母親的聲音感到安心，還是因為肩膀痛的關係，我淚流不止。

＊

「所以妳媽媽打的那通電話救了妳嗎？」

莫霍克頭男人喝著咖啡問。

「從結果來說，的確是這樣。」

尾上也喝著咖啡回答。

「是不是妳媽媽夢到妳被鬼壓床了？」

「……不知道。」

「妳沒有問過她這件事嗎？」

「對，我直到最後，都沒有問她。」

「這樣啊……那真是太遺憾了……」

他們的對話有點奇怪，我忍不住問：

「尾上小姐，妳媽媽現在在哪裡？」

「已經去世了。」落腮鬍男對我說：「半年前去世了。」

「去世了……？」

氣氛有點凝結。

「話說回來。」

不知道莫霍克頭男人是否想化解尷尬的氣氛，故意拍著手說：

「八王子的那個房間搞不好有助於提升運勢。」

「啊？」什麼意思？我忍不住探出身體。

「因為老師也曾經住在那裡，目前是暢銷作家，又住在赤坂的超高層公寓。尾上目前也住在目黑區的公寓，在工作上也很能幹，連續推出了好幾本暢銷作品。《靈感減肥體操》就是尾上企劃的，她目前是我們出版社的王牌編輯。」

「喲，王牌。」落腮鬍男人很低俗地跟著喝采，然後又說：

「我好像聽說過，住在鬧鬼的房間，或是曾經發生過命案的房子……也就是所謂的凶宅，有時候有助於提升運勢。」

「我從來沒聽說過這種事。」我把原本向前探出的身體往後靠，「更何況我住在那裡已經是很多年前的事了。我住在那裡的時候，以及搬離之後，都沒有發生過任何好事，所以M公寓和現在的我應該沒有關係。」

雖然我這麼回答，但發現尾上的表情有點陰鬱，於是就補充說：

「……至於尾上小姐，可能就有點關係。」

而且我還脫口說道：

「去調查一下曾經住過那個房間的人之後的情況，也許會很有意思。」

尾上頓時雙眼發亮。

「沒錯，這就是我想提案的內容。」

「咦？」

「老師，您想不想調查曾經住過M公寓那個房間的人之後的情況？然後可不可以請您寫成小說？」

「咦咦？」

「當然，我會負責調查工作，希望您可以根據我的調查報告寫成小說。」

「啊啊啊？」

「您知道凶宅網站嗎？那是一個專門用地圖的方式介紹凶宅的個人網站，我去那個網站查了一下，發現M公寓很猛，竟然有五個火焰！啊，火焰是代表房子曾經發生過意外的標誌。一棟大樓，而且是這麼小的一棟大樓就有五個火焰，簡直太不尋常了。那棟公寓一定有故事，一定有什麼隱情。也許老師和我都是因為這個原因才會被鬼壓床……您願意用這個題材寫小說嗎？」

「咦咦咦咦？」

「沒問題，我有一個很厲害的戰友！可以為我驅散任何靈障！所以一定可以順利搞定。」

2

最後，我表示要「考慮一下」。

之所以沒有明確拒絕，當然是因為我膽子小，但還有另一個原因。

因為我對尾上這個人產生了好奇。

不知道該怎麼形容，她身上有某種不對勁的感覺。雖然……無法具體說出哪裡不對勁，但這種感覺強烈刺激了我的好奇心。為了瞭解到底哪裡不對勁，我目不轉睛地盯著她看。尾上應該也覺得我這個人有點不太對勁。

回到家之後，我仍然很在意尾上的事。

於是我試著用尾上的全名在網路上搜尋。

找到了。

那是很久以前的部落格。從二〇〇五年四月開始寫，在二〇〇五年九月之後就沒有再更新。

我看了部落格的簡介，確定是尾上本人，應該是她在學生時代因為好玩開始寫部落格，而且是用本名。結果寫了不到半年就放棄了，也許她自己也忘了這件事。然後就被我這種好奇心旺盛的人找到了。

「數位刺青」這個說法真是太貼切了。一旦在網路上公開了留言和個人資訊，就會像刺青一樣無法徹底刪除。

我深刻體會到，幸好我年輕的時候還沒有網路這種東西。如果當時有網路，我這種神經大條的人，一定會留下很多事後會後悔莫及的內容。幸好幸好，上帝保佑，阿彌陀佛。

尾上也很如實地在部落格上寫了很多事。像是戀愛的事、對人際關係的不滿，還會說某個特定人物的壞話。她使用本名，竟然還寫得這麼清楚……部落格的內容讓人不由得為她擔心。

尤其當她提到家人時，言詞特別犀利。

她和家人的關係似乎並不好，她在部落格中提到，家裡反對她讀大學，她幾乎是用離家出走的方式來到東京。

原來是這樣，所以她會租比行情更便宜的那棟公寓。

我在學生時代也完全沒有向家裡拿生活費，只能靠就學貸款和打工勉強應付。

相似的境遇讓我對尾上產生了親近感。

「雖然她現在有能力在打扮上花不少錢，但原來以前也是個窮學生。」

她上傳到部落格的自拍照看起來的確很土，一頭天然鬈的頭髮自然留長，戴了一副好像老頭子老花眼鏡般的眼鏡，穿了一件宅男常穿的格子絨布襯衫。

我對她的親近感越來越強烈。

我情不自禁露出了笑容，壓著滑鼠的滾輪，滾動視窗的捲軸，看到了「鬼壓床」這幾個字。

啊，就是我要找的內容。

我停下了滾動捲軸的手指。

*

……我被鬼壓床了。這是上個月發生的事。

真的，我嚇死了。以為自己快死了。

因為不知道什麼毛茸茸的東西跑進我房間，在我左肩上咬了一口！我會被咬死……當我閃過這個念頭時，手機響起了來電鈴聲。手機鈴聲讓我擺脫了鬼壓床，那個毛茸茸的東西也不見了。

那通電話是母親打來的。

是已經和我斷絕母女關係的母親打來的。

她說夢到了我，很擔心我，於是打了那通電話。

當時我還稍微有點小感動。

但是仔細思考之後，就覺得……有問題。

因為時機也未免太巧了。

為什麼我媽會在我被鬼壓床的當下打電話給我？

因為夢見了我？

騙人。

那個對我望而生厭的媽媽，不止一次想要拋棄我的媽媽，怎麼可能夢見我？更不可能擔心我。

但是她為什麼打電話給我？

我愁悶不已，百思不得其解。

上個星期，我去朋友小A家玩時發生了一件事。順道一提，小A是我在打工的地方認識的，她和我同年，但是很穩重可靠，像姊姊一樣。

小A住在家裡，她媽媽很會做菜，爸爸是上班族，是個溫柔體貼的好爸爸，她弟弟也很優秀，全家人都很溫暖，是令人羨慕的正常家庭。我經常去她家玩，每次都覺得很舒服自在。

雖然伯母對我說，隨時都可以去她家玩，但其實我都是在伯父去出差不在家的時候，才會去她家玩。因為我覺得破壞人家的家庭團聚很不識相。

然後，上個星期，我去小A家玩的時候，伯母問我：

「妳最近是不是發生過什麼事？」

伯母，其實是看得到的人。

沒錯，她有靈異體質。雖然起初我並不相信，但她說中了我的過去和很多煩惱，所以最近我完全相信她。

伯母對我說：

「妳的身後……左肩上有一團黑色的東西，是不好的東西，最好趕快驅除。」

即使伯母這麼說，我也……

「到底是什麼東西附身在我身上？」

「狗，是一隻狗。」

「狗？」

「對，就是俗稱的『犬神』……」

「犬神……」

「我會在力所能及的範圍內為妳驅除。」

「犬神附身在我身上嗎？」

「對，是像這樣的犬神。」

伯母在紙上畫了據說附身在我左肩上的犬神。

我看了之後，不禁感到愕然。

「這是典型的犬神……但是，為什麼這種東西會附身在妳身上？」

伯母含糊其詞。

「總而言之，這是不好的東西，最好趕快驅除。」

「要怎麼驅除？」

「嗯。」

伯母露出了嚴肅的表情說：

「一旦被犬神附身，就很難完全驅除……但也不是沒有方法可以封印。」

伯母說完，給了我一串紫色的佛珠。

*

「啊。」

我想到了一件事。

原來如此。我之前覺得尾上身上哪裡不對勁，原來就是那串佛珠！

她從頭到腳都是品味不凡的名牌，只有左手腕和全身格格不入。她的左手腕上戴了一串紫色的佛珠，也就是所謂能量石的佛珠。

原來如此。原來那串佛珠是為了封印犬神。

犬神又是什麼？

我只知道《犬神家一族》這本小說。

我立刻上網查了一下。

結果發現了一篇介紹的文章。原來是一種「蠱毒巫術」。

「蠱毒巫術」是一種古代流傳下來的咒術，簡單地說，就是用自相殘殺等殘酷的方式殺害動物後，使之成為惡靈，然後加以操縱，咒殺政敵或是憎恨的對象。

被巫化的動物有昆蟲、爬蟲類或是哺乳類等。日本以巫化狗，操控其靈的「犬神」最有名。

這種咒術未免太可怕了。

竟然操控動物的怨念，詛咒殺害憎恨的對象。

也就是說，尾上成為了別人詛咒的對象？

*

到底是誰把犬神附身在我身上？

我的腦海中立刻浮現了母親的身影。

伯母畫給我看的那張圖提醒了我。

那是難以稱為「狗」的細長形動物，乍看之下，會以為是樹根。好像樹根上長了臉和手腳，或者說是樹根妖怪。

我之前也曾經看過差不多的圖。

我老家附近有一座小廟，廟裡的佛龕門曾經打開。那時候我還很小，在好奇心的驅使下，曾經去張望了一下。

佛龕內就是一張像樹根妖怪的畫。

我清楚記得，自己當天晚上就發了高燒。我媽那時候還很溫柔，很用心照顧我，所以我兩天後就退燒了……但之後我媽就變了。

我媽好像變成了另一個人。

幾個月之後，我妹妹出生了。

難道是因為懷了妹妹，媽媽變成「另一個人」了嗎？

之前我都一直這麼認為。

現在回想起來，也許和那幅畫有關。就是放在佛龕內的那幅畫。

我媽該不會操控了犬神？

然後試圖咒死我？

但是，為什麼？我已經離開老家，和家裡也斷絕了關係。沒錯，對她來說，我根本就像死了一樣。

難道她覺得我像死了「一樣」仍然不夠，真的想要殺了我嗎？

幾天之後，我收到了答案。

那是一家保險公司寄來的資料。

保險公司通知我，我買了一份五千萬圓的保險，受益人是我媽。

我完全不知道這件事。

我知道了。我媽冒充是我，為我買了這份保險，然後把自己設定為受益人。

所以只要我死了，我媽就可以拿到五千萬圓。

我全身起了雞皮疙瘩。

我媽派犬神來殺我。

我立刻打電話給小A的媽媽。伯母對我說：

「妳馬上搬離那裡，然後和妳媽徹底斷絕關係。」

然後又叮嚀我：

「為了預防發生意外，妳最好留下證據。比方說，妳可以把至今為止發生的事留在網路上，如此一來，對方……也就是犬神也會產生警戒。因為一旦妳有什麼三長兩短，別人就會知道犬神的存在。犬神最怕被別人知道自己的存在，所以妳要設法留下證據。」

我聽從了伯母的建議，所以決定在這個部落格記錄這一連串的事。

伯母說，只要有這個部落格，犬神應該就不會出手……反而會幫助我……成為我有力的夥伴……

沒錯，犬神除了可以咒死被附身的人，還具有為被附身的人實現「心願」的效果。所以以前的人會刻意製造犬神，附身在自己身上，成為自己的「夥伴」。

真的是這樣嗎？

我的心願是在媒體界工作，最好能夠從事出版工作。至於收入，希望三十多歲時，年收入可以超過一千萬圓，然後住在港區或是目黑區，穿名牌衣服，工作得心應手。

*

尾上的心願實現了。

雖然我不知道她的年收是多少，但她連續編輯了好幾本暢銷作品，想必收入並不低。

話說回來。

犬神。

真有其事嗎？

也許真有這種事，正因為有某些效果，所以詛咒的風俗習慣才會一直從古代流傳到現在。

即使是這樣，也和M公寓完全沒有關係。

雖然尾上認為自己會被鬼壓床，是因為M公寓有什麼問題……所以凶宅網站上才會有五個火焰標誌……她懷疑M公寓是否有某些靈異要素……

不，不是這樣。

姑且不論尾上被鬼壓床的事，那棟公寓在凶宅網站上會有五個火焰標誌另有原因。

M公寓是因為房東的關係，所以出現很多凶宅。

那棟公寓的房東是反社會勢力的人，尾上因為很快就搬走了，所以可能不知道這件事。

我住在那裡五個月後，得知了這件事。那時有兩名便衣警察找上我家。他們遞了名片給我，我清楚記得他們的名片上印了警視廳刑事部第四搜查課這幾個字。刑事部第四搜查課是專門取締黑道的部門，其中一名警察對我說：

「您最好在被捲入麻煩之前，趕快搬離這裡。」

警察的忠告完全正確，我已經遇到麻煩了。隔壁發出的噪音讓我不堪其擾，每天晚上，隔壁鄰居都會大聲喧鬧。然後有一天晚上，我突然被鬼壓床了，但我只是陷入被鬼壓床的狀態，並沒有任何靈異的因素。因為隔壁太吵，我持續多天睡不著，而且頭痛欲裂。於是我吃了好幾顆止痛藥，導致輕微的心臟問題，就出現了像被鬼壓床的症狀。隔壁的鄰居在隔週遭到了逮捕。我打工回到家時，剛好看到警察把他帶走。那是我第一次看到隔壁鄰居的長相，臉色蒼白，好像快死了，但從他敞開的襯衫露出的不知道是龍還是虎，或者是蛇的刺青很生動，彷彿隨時會從他的襯衫中跳出來。我記得當時嚇得停下了腳步。

結果，光是我住在那裡的四年期間，就有七個鄰居遭到逮捕，刑警每次都會來向我打聽情況。

我記得還曾經有人自殺，但也可能是殺人滅口之後，偽裝成自殺。

總之，那棟公寓很可怕。一樓和二樓的店舖，也都是黑道經營的可疑酒店和酒吧，警察曾經去搜索了好幾次。也曾經有人死在那幾家酒吧和酒店裡，雖然表面上聲稱是因為打架……但八成是遭到滅口。

這種地方會有五個火焰標誌一點都不意外，即使更多也不足為奇。我猜想現在的房東也是黑道，而且，大部分住戶也是……雖然或許有像我和尾上這種搞不清楚狀況的老百姓去那裡租房子，但應該馬上就逃離了那種地方。

所以，最好不要和M公寓有任何牽扯。

對，沒錯，不要有任何牽扯。

我要明確拒絕這個案子。

兩天後的傍晚，我下定決心，撥打了尾上名片上所寫的電話號碼。雖然也可以寫電子郵件告知，但畢竟吃了人家六千圓的套餐，還喝了葡萄酒，用電子郵件打發對方有點於心不安。

鈴聲只響了一次，電話就接了起來，對方說話的聲音也很有精神。嗯，不愧是逆勢成長的公司，員工教育也很徹底。

「您好，這裡是淀橋書店第一編輯部。」

「請問尾上小姐在嗎？」

「咦？」原本很有精神的聲音頓時變得消沉。

「……請問尾上茉日小姐在嗎？」

「不好意思，請問您是哪一位？」

慘了，我忘記報上自己的姓名。我慌忙報了姓名。

「啊，不好意思！呃——」

電話中突然傳來〈給愛麗絲〉的等候音樂。我聽著旋律片刻，電話中傳來一個聲音：「讓您久等了，我是佐野。」

啊，是莫霍克頭男人。

「請問尾上小姐——」

「關於這件事啊……」莫霍克頭男人語帶吞吐地說：「尾上，目前，正在醫院——」

「醫院？」

「她去之前討論的M公寓採訪。我們剛才接到八王子醫院的通知……也完全不瞭解發生了什麼狀況，只知道她目前生命垂危。」

「生命垂危？」

「對，據說她從四樓房間的窗戶墜樓。」

真的假的？

不，等一下。

四樓的窗戶？那個房間的窗戶不是封死的嗎？

「所以目前完全搞不清楚狀況，警方說，她可能是試圖自殺。」

「自殺？」

「尾上的確有點怪怪的，她很相信所謂天啟或是陰陽眼之類的事，而且還充滿了毫無根據的自信，說什麼『我有強大的夥伴』。她在工作上也發揮了這種自信，所以我們也沒有特別干涉，但也有同事擔心她精神不穩定——」

「精神不穩定……？」

「她有時候會說，『我媽想要咒死我』，或是很得意地說『我的左肩不會原諒想要害我的人』……總之，她有很多奇怪的舉動，所以也可能發生突然自殺這種事。但是……」

「她是用什麼方法試圖自殺？」

「聽說她自己撞破了窗戶跳樓……但是，會有這種事嗎？我有點無法相信。因為既然那個窗戶是封死的，應該就是強化玻璃做的。女人怎麼可能把那種玻璃撞開……您相信嗎？即使她用身體去撞玻璃，應該也無法撞開。您認為呢？」

莫霍克頭又繼續說了下去。

「如果是男人用什麼工具打破玻璃，我就認為很合理。」

我渾身起了雞皮疙瘩。

不會吧？

尾上相信有犬神保護，於是就態度強勢地和住在M公寓的反社會勢力接觸，結果發生了摩擦，然後——

……我顫抖不已。

果然不能和M公寓有任何牽扯。

比起犬神。

比起母親的怨念。

反社會勢力的暴力行為更可怕。

「太遺憾了，那這樣就沒辦法工作了。我原本很想和尾上小姐合作——」

我用顫抖的聲音小聲嘟囔了這句言不由衷的話，輕輕掛上了電話。

三角形

トライアングル

1

二〇一九年七月的某一天。

我人在池袋車站西口。因為某個採訪，所以去了池袋。

吃午餐時，我難得想到了K。

「對了，記得首都圈那幾起連續離奇死亡案，兇手K住的超高層公寓就在這附近——」

一旦想到，就欲罷不能。我拿出手機，用「K 池袋 公寓」等關鍵字搜尋後，一下子就找到了K之前住的超高層公寓的名字和地址，甚至還提供了「案發當時，那棟公寓叫×××，現在改成了●●●」這樣的詳細資訊。

公寓改名字這件事並不罕見，一旦成為重大事件的現場，公寓通常就會改名字。不用說，這棟公寓當然是因為K曾經住在這裡，所以才會改名字。因為不光是K住的那個房間，整棟公寓都成為了凶宅。

那棟公寓是所謂的「高級」超高層公寓，無論外觀和大門都很豪華，房租也不便宜。套房的月租超過十一萬，K住的兩房兩廳格局月租超過二十萬圓。

K在二〇〇九年夏天搬進那棟超高層公寓。那時候最後一名被害人的屍體被人發現，警方開始鎖定K。隔月的九月下旬，K就遭到了逮捕，所以她在那裡只住了一個多月而已，但各家媒體都拍到了那棟公寓，而且有關K的報導中，幾乎都會看到「高級超高層公寓」這幾個字。所以我猜想很多人想到K，就會聯想到池袋的高級超高層公寓。

那棟超高層公寓也太衰了，因為一個只住了一個多月的住戶，變成了全國惡名昭彰的公寓，而且還成為凶宅，不得不改名字。說起來，那棟超高層公寓才是被K利用、欺騙，最後遭到了謀殺。

順道一提，K在搬到那棟超高層公寓之前，住在I區的普通公寓。既不是超高層公寓，也不高級，就是普通家庭居住的那種不起眼的公寓，房租也很平民，五十五平方公尺的兩房兩廳含管理費，月租十一萬圓起（K好像住在月租十三萬圓的房間）。K住在那棟很平民的公寓內，連續殺了好幾個人，所以照理說，原本應該是那棟公寓變成凶宅，沒想到K在遭到逮捕之前搬離了那裡。K以前住的那棟公寓實在是太幸運了。

……話說回來，K為什麼會在遭到逮捕之前搬家？因為遭到警方鎖定，所以想要逃離嗎？不不不，如果是這樣，應該會逃到更遠的地方，而且會挑選不會引起別人注意的偏僻破公寓作為藏身之處才對。古今中外的逃犯都這麼做，但Ｋ偏偏挑選了池袋車站附近，而且還是這麼豪華、會令人留下深刻印象的超高層公寓。其中一定有其他原因，到底是什麼原因呢？……我仔細思考這個問題，用手機在網路上搜尋，發現Ｋ之前住的那棟超高層公寓有房子在招租。

而且就是Ｋ租過的那個房間。

一四〇四號室。

再次看到這個數字，覺得這個數字太不吉利了。竟然有兩個被認為是禁忌數字的「四」，在意這種事的人絕對不會選這種房間，有些公寓甚至一開始在設置上就會排除禁忌數字。我以前也曾經住在「四〇一號室」，在那裡遇到很多衰事，從此之後，我就一直避開「四」這個數字。

那棟超高層公寓和Ｋ應該都不在意這種事，但也許稍微注意一下比較好，因為Ｋ遭到了逮捕，那棟公寓也變成了凶宅。

房間的格局也有問題。

「嗚哇……」我看了房間的格局圖，忍不住發出了呻吟。因為我本能地產生了可怕的感覺。

不是只有我而已。

之後，我給好幾個人看了那個房間的格局圖，所有人都發出了「嗚哇……」的聲音，露出好像看到可怕東西的表情。

幾天前，我給一位很瞭解凶宅的人看了格局圖，對方也發出了「嗚哇……」的呻吟後說：「這真的很不妙。」

對方簡直就像看到了蟑螂或是蜈蚣，整張臉都僵住了。他在仔細打量那張格局圖後說：

「為什麼會設計成這種格局？為什麼會設計出這種三角形的房間？」

沒錯，那個房間是三角形，是直角三角形，也就是有兩個銳角。

「這種房子住起來會很不舒服，雖然內部裝潢應該會讓人感覺不到是三角形，但會讓住在這個空間內的人，無意識中承受很多壓力，而且是日常性地承受，就像潛意識知覺一樣。除了心理問題以外，三角形在風水上也不好，風水學認為必須盡可能避免。因為尖銳的部分會變成凶器，會招致瘋狂。三角形的房間中斜線的部分也很不理想，因為斜線代表不穩定，運勢也會跟著不穩定。」

原來如此。風水是一種環境學，用凶吉呈現環境對心理所產生的影響……不需要從風水的角度來說明，只要看到這個三角形房間的格局圖，就感覺很不舒服，本能會發出「這裡有問題，不要住這裡」的警告，所以幾乎所有人只要看到這張格局圖，就不會想住在這個房間。

但是，不知道是先天因素還是後天使然，有些人這方面的本能出了問題。這種人會毫不猶豫地設計、建造這種三角形的房間，也有人會毫不猶豫地入住。

就像K一樣。

我再重複一次，K是在最後一個被害人屍體被發現並遭到警方鎖定時，才搬到這個三角形的房間，然後在下一個月就遭到逮捕了。K為什麼要搬來這裡？

我想到一種可能。K可能預料到自己會遭到逮捕，所以特地搬進超高層公寓，而且也想到一旦自己遭到逮捕，媒體會蜂擁而至，前來採訪。

沒錯，K挑選這棟超高層公寓作為自己的舞台。

全國各地的新聞都會報導自己，以前曾經看不起自己的傢伙也會看到。如果住在平民百姓住的公寓，別人更會看不起自己，認為「她就是這種程度的貨色」。絕對不能讓那些傢伙有機會說這種話，要打造一個情境，讓他們，不，要讓所有日本人都大吃一驚，覺得「啊？怎麼可能？」然後對她感到羨慕。

於是，K就選中了這棟超高層公寓，然後挑選了這個房間。K對服裝和美容品味異常講究，不可能不在意自己住的地方。就好像那些在 Instagram 上拚了命炫耀如何享受生活的光鮮亮麗女生一樣，K也不可能不美化自己的生活。

「但，這裡可是池袋喔？」

沒錯，如果追求真正的高品味，應該挑選六本木、廣尾或是銀座那種更是精華區域的高級公寓，但K挑選了池袋。這一點充分說明了她成不了氣候的小家子氣。如果要在六本木那一帶租用相同格局的公寓，租金至少四十萬圓。K應該拿不出這麼多錢，所以只能退而求其次，選擇了池袋。

即使這樣，池袋的超高層公寓房租也超過二十萬圓，搬家的時候，初期費用就要花一百萬。也許是因為這個原因，K帶了新男友去她的三角形新家，這個男人也被她騙了四百萬圓，但幸虧K遭到逮捕，所以他逃過一劫，活了下來——

＊

好了，今天就先寫到這裡。

我轉轉脖子，脖子發出了喀喀喀的聲音。

電腦螢幕上是我寫到一半的隨筆，這篇文章即將刊登在下個月的文學雜誌上，題目是〈關於惡女〉。編輯部要求我以相當於三十張稿紙的篇幅，聊一聊實際存在的知名惡女。這是很常見的企劃內容，以前我也曾經參加過類似的企劃，那一次我寫的是歷史上最具爭議性的皇后瑪麗．安東妮。

這次我挑選了「首都圈連續離奇死亡命案」的K。我曾經以她為範本寫了小說，原本以為寫這次的題目會下筆如有神，沒想到失策了。

K果然很討厭。每次想寫K的事，敲打鍵盤的速度就會慢下來。原本三十張稿紙的篇幅，只要兩天時間就可以輕鬆搞定，這次卻花了四天時間，而且還沒寫完。

唉——真是太失策了。還是趁現在找其他惡女？但是截稿時間是後天中午過後，現在沒時間了，繼續寫下去才是最明智的做法……只不過不僅寫作進度緩慢，只要想到K的事，胃就很不舒服，現在也好像有滾燙的油在我的食道內竄來竄去，分不清是疼痛還是反胃，好像隨時就要吐出來了。

來吃點藥……我正在找平時吃的胃藥，電腦傳來了「噗噗噗呼」的機械聲。

那是收到電子郵件的聲音。

一看時鐘，現在是深夜兩點多。

三更半夜，誰會傳郵件給我？我拿著胃藥回到書桌前確認郵件。

「咦？」

我難以置信，忍不住看了第二次。

「不會吧——！」

我忍不住發出了驚叫聲。

我是淀橋書店的尾上茉日。

感謝您一直以來的關照。

謝謝您日前撥冗見面，聽了您談的那些有趣的話題，讓我更堅定成為您的忠實書迷。

而且也極其希望有機會能和您合作。

無論是一年之後，或是兩年之後都沒有關係，請您務必撥冗為敝公司撰寫小說。

可不可以先請您寫關於「M公寓」的故事？無論是簡短的專欄文章或是隨筆都沒有問題。

我也會積極蒐集素材，提供給您參考。

我打算明天去M公寓的四〇一號室。

如果有任何成果，我會再和您聯絡。

尾上茉日　敬上

2

「啊呀啊呀，老師，謝謝您一直以來的關照……唉──最近一直下雨，下得好煩啊──」

接電話的男人一派悠閒的態度向我打招呼，他是莫霍克頭……佐野部長，淀橋書店文學編輯部的部長。

「這種事不重要！」

我怒氣沖沖地回答：

「昨天晚上……正確地說是今天凌晨兩點多，我收到了電子郵件！」

「深夜收到電子郵件嗎？」

「對！」

「誰寄給您的？」

「是尾上小姐！」

「什麼？」

佐野部長聽了我的回答，說不出話。我可以想像他的莫霍克頭微微顫抖的樣子。

因為尾上茉日已經死了。

她去M公寓採訪，然後從四〇一號室的窗戶墜樓。當時心臟仍在跳動，於是被送去醫院……但在一個星期後，心臟就完全停止跳動。我在上上個月聽說了這件事。

「這到底是怎樣的惡作劇？你們可不可以不要做這種事？」

我幾乎對著電話大叫。

「如果你們再做這種事，我們就法院見喔?!」

「不不不，老師，請不要激動，先冷靜一下。」

「我很冷靜！正因為很冷靜，所以一直等到你們應該已經到公司上班的中午，才打這通電話的！」

「感謝您的貼心。」

「原本在收到電子郵件時就想打電話，但我努力忍住了！因為我是有理智的善良公民！」

「再次感謝老師的費心，深感慚愧。」

「為什麼要這樣整我？是因為我在那次之後，就沒有再和你們聯絡嗎？如果是這樣，你們應該瞭解，我是用委婉的方式表達無法和貴公司合作的意思。你們可能覺得我吃了六千圓的午餐還喝了葡萄酒，是個忘恩負義的人……即使你們這麼想，我也無話可說，但不需要用這種方式整我啊？」

「不不不，老師，再怎麼樣，也不可能用這麼惡劣的方式惡作劇……」

「那我為什麼會收到已經去世的尾上小姐寄來的電子郵件？」

「請問電子郵件的內容是什麼？」

「內容？呃……」

我把市內電話的話機放在耳邊，走向電腦，然後打開那封電子郵件說：

「說是她要去M公寓之類的。」

「M公寓？就是尾上墜落的公寓嗎？」

「沒錯，她在郵件中說，明天要去M公寓的四〇一號室。」

「明天要去M公寓？」

「對。」

「請等一下……可以請您確認一下電子郵件的寄件日期嗎？」

「日期？」

聽到他這麼問，我確認了日期……

「啊，這天。」

「該不會是尾上墜樓的前一天？」

雖然我不記得尾上墜落的日子，只記得是兩個月前的五月。電子郵件的日期也是兩個月前。

「會不會是因為什麼問題，導致老師現在才收到尾上生前寄的電子郵件？」

的確可能發生這種問題，但會有晚兩個月才收到這種事嗎？

「啊，我想起來了，不久之前，我們公司的伺服器連線有問題，一度無法收發電子郵件，也許是因為這個原因。總之，這並不是我們惡作劇，請老師務必瞭解這件事。更何況即使做這種事，對敝公司有什麼好處呢？只有壞處而已。因為這等於斷絕了和您這麼重要的老師之間的關係。」

聽他這麼說，我認為的確有道理，而且用這種惡作劇整人，只會留下壞名聲。

「……對不起，我剛才說得太過分了。」

我坦率道歉。

「因為深夜收到已經去世的人寄的電子郵件，有點嚇到……所以情緒太激動。」

「我瞭解，如果我收到這樣的電子郵件也會很驚慌。」

「……對不對？」

「這次的事可能和敝公司的伺服器有關，我會詳細調查之後，再向老師報告。」

「啊，沒關係，不用了。」

「不，我聽了也有點毛毛的，我會徹底調查。」

「……不好意思。」

「不，是我們的錯，讓老師嚇到了，真的很抱歉……雖然不能說是藉此向老師道歉，但有沒有時間一起吃個飯？」

「不，不用了，真的不用客氣，那就先這樣。」

我不等他回答，就掛上了電話。

如果再讓他們請客，就真的無法拒絕合作了。

話說回來，之前好不容易漸漸和他們保持了距離，沒想到竟然又主動打電話。我真是太沒出息了，應該更細心一點。如果收到電子郵件時確認一下日期，就不會把事情鬧這麼大了。

唉，我真的痛恨自己的魯莽武斷。

但是在瞭解原因後鬆了一口氣。其實我原本懷疑是靈異現象，以為是在靈界的尾上寄了電子郵件給我，所以才會那麼激動。沒想到竟然是因為伺服器出了問題，這完全就是俗話所說的「鬼怪露真形，原是枯芒草」。

好，總算搞定一件事，那就繼續寫昨天的隨筆……我在椅子上坐下來面對電腦，這時又響起了「噗噗噗呼」的聲音。又收到了電子郵件。我打開收件匣，看到寄件人的名字。

「啊！」

我忍不住從椅子上跳了起來。

3

「所以尾上又寄了電子郵件給您嗎?」

莫霍克頭男人……佐野部長一臉困惑的表情問。

他身旁坐了一個把一頭黑髮挽在腦後，戴著黑框眼鏡的女生。她似乎接了尾上的工作，據說比尾上晚一年進公司，但在她身上完全感受不到年輕的氣息。她整體給人的感覺很不起眼，和尾上屬於完全相反的類型。全身的衣服都是黑色或灰色，剛才遞給我的名片上寫著「黑田佳子」，完全是人如其名。

這裡是港區赤坂的法國小餐館，吃完一人份要兩萬圓的晚餐套餐後，目前剛送上甜點。

……最後，淀橋書店又請我吃飯了，而且這次是兩萬圓的套餐。這家餐廳在午餐時間還有一千六百圓的套餐，但晚餐時間就沒這麼便宜，只有七千圓、一萬圓和兩萬圓這三種套餐。我覺得七千圓的套餐就不錯了，但佐野部長沒有問我的意見，就點了兩萬圓的套餐。

怎麼會這樣?

中午過後，我收到了用尾上的名字寄來的第二封電子郵件，嚇得魂不附體。當我回過神時，又打了電話給佐野部長。他在電話中對我說：「那我們就今晚見面。」然後又很有行動力地說：「要不要去上次那家法國小餐館？我來預約。」

我完全不打算和淀橋書店合作，明明已經決定不再和他們見面了，到底為什麼會變成這樣？

我拿起湯匙，輕輕嘆著氣。

「尾上寄給老師的電子郵件寫了什麼內容？」

佐野部長問了這個問題，似乎表示差不多該進入正題了。

不要糟蹋這頓兩萬圓的晚餐……不知道佐野部長是否這麼想，所以之前連尾上的「尾」字都沒有提起。而現在可能看到都已經上了甜點，判斷時機差不多了。

「電子郵件裡寫了什麼內容？」

佐野部長的臉湊了過來。

我把湯匙放回桌上，從皮包裡拿出一張Ａ４的紙。上面印著電子郵件的內容。

＊

我是淀橋書店的尾上。

不好意思，這麼久才和您聯絡。

不瞞您說，因為我被捲入了意外，目前正在住院。

雖然我也不知道到底發生了什麼狀況，但我似乎是從M公寓的四樓摔下樓。

幸好路旁的銀杏樹樹枝救了我，總算撿回一命。

我目前從加護病房轉到了心臟科加護病房，

聽說一度相當危險，心臟也停止了跳動。

其實我在當時經歷了瀕死經驗喔！

我聽到有人叫我，睜開眼睛後，發現三個女人接連衝破天花板，出現在我面前。

我一下子就認出了第一個人。那是我媽，她在半年前去世了。

第二個人是……我的阿姨。她一直很疼愛我，但十年前去世了。

沒錯，就是所謂「來迎接」的人。

「啊啊，原來真的有這種事……」我忍不住感動不已。

然後我想到，一定要把這段經驗告訴您！也許可以成為您寫作時的素材！

所以我推開了阿姨伸向我的手，對她說：

「對不起，我還不能跟妳走。」

就在這時，我聽到耳邊響起聲音。

「她醒了。」

沒錯，我死而復生了。我很想馬上寫電子郵件給您，但因為醫生說必須充分靜養，無法自由活動。

所以這麼晚才寫這封電子郵件給您，真的很抱歉。

啊，熄燈時間到了。改天再和您聯絡。

尾上茉日　敬上

又及

三個「來迎接」的人之中，我不知道第三個人是誰。雖然覺得她很面熟……

您會不會很好奇？

第三個女人到底是誰？

＊

「原來如此——」

佐野部長說完這句話，就再也沒有後文了。一旁的黑田為佐野部長補充說：

「看上面的日期……是發生墜樓事件的四天後寄的。」

沒錯。

「所以就是她去世的三天前。」

聽了黑田指出的這一點，我的手臂上起了雞皮疙瘩。

「但是，太不可思議了，」戴著黑框眼鏡的黑田微微睜大雙眼，「聽說尾上小姐一直昏迷不醒。」

「對啊，所以我們也沒辦法去探視她。」佐野部長好像在辯解似地說，「黑田，妳也沒有去看她？對不對？」

「對，我也沒辦法去看她。」黑田輕輕點了點頭，然後歪著頭說：

「……但既然可以寫這樣的電子郵件，就代表她其實清醒了，可能只是謝絕親人以外的人面會。」

黑田的雙眼再度微微睜大眼睛。

「這有點像是遺言。」

「遺言？」

我的手臂又起了雞皮疙瘩。

開什麼玩笑。為什麼只是一起吃過一次飯的人要留遺言給我？

「……但是，太不可思議了，這封電子郵件應該是尾上小姐用手機傳的。」

黑田仔細看著列印出來的電子郵件說。

「反正不是用公司的電腦，因為她在醫院裡。」

「是啊。」佐野部長就像點頭娃娃般連續點了好幾次頭。

「既然這樣，為什麼這次的電子郵件也隔這麼久才寄到老師的信箱？」

就是啊，我就是好奇這件事。

上次的電子郵件是公司的電腦寄出的，因為淀橋書店的伺服器出了問題，所以隔了很久才收到——

「我在接到老師的電話之後問了資訊管理室，資管室的人說，伺服器就算出問題，也不可能隔了這麼久才寄到，最多只會耽誤半天。」

佐野部長一臉歉意地小聲說道。

「所以上次的電子郵件也不是因為伺服器的原因，才會這麼晚——」

「那到底是什麼原因?!」

我忍不住輕輕拍著桌子。隔壁桌子的客人瞪了過來。

我用力深呼吸，然後靜靜地說：

「到底是什麼原因？為什麼已經去世的尾上小姐會寄電子郵件給我？」

「……很抱歉，我們會徹底、好好調查這件事……請再給我們一點時間。」

「還要等多久──」

「啊，這麼好吃的甜點毀了。」

聽到佐野部長這麼說，我看著眼前的盤子，綜合冰淇淋都融化了，簡直就像是前衛的繪畫作品。

「先吃甜點吧。」

佐野部長說完，把叉子叉進了黑櫻桃塔。

黑田也輕輕把叉子叉進翻轉蘋果塔。

我無可奈何地拿起湯匙。

4

我是淀橋書店的尾上茉日。

感謝您一直以來的關照。

我還在心臟科加護病房。

沒想到傷勢比想像中更嚴重，好像還要住院一陣子。

我越想越不甘心，

我為什麼會墜樓？

我完全想不起來當時的事，那段記憶消失了。

是不是試圖自殺？……周圍的人似乎這樣猜測，但這並非事實。我從來沒有自殺的念頭。我目前一帆風順，無論工作和生活都很充實，怎麼可能自殺？

比起這件事，我更在意第三個女人。

我在上一封電子郵件中也提到，我在瀕死經驗時見到了三個女人。第一個是我媽媽，第二個是我阿姨，但我完全想不出來第三個女人是誰。

既然是「來迎接」的人，必定是已經去世，而且和我有某種關係的人。

……不瞞您說，她現在也飄浮在我的上方。

目不轉睛地看著我。

超可怕。

但是我相信這個經驗有朝一日或許可以發揮作用，所以趁忘記之前用電子郵件記錄下來。我的朋友小A的媽媽以前曾經對我說，遇到什麼狀況時，可以留下證據以防萬一……我沒來由地想起這句話……但其實我的記憶有點問題，忽隱忽現的，幾分鐘前的事也想不起來，有時候甚至忘記了自己是誰。雖然醫生說，很可能只是暫時性的情況。

總而言之，這是很寶貴的瀕死經驗，如果忘記就太可惜了，所以很希望可以留在老師的記憶中。

希望有朝一日，這次的瀕死經驗能夠成為您寫作的素材。

今天就先寫到這裡，改天再聊。

尾上茉日　敬上

＊

「老師，不好意思，打擾您工作。」

在一起吃飯的兩天後，接到了黑田打來的電話。

「我又收到尾上小姐寄來的電子郵件了！」

我隨便打了聲招呼，就咄咄逼人地對著電話說。

「啊？尾上小姐？又寄來了嗎？」

「對，就在我們吃飯的那天晚上！這到底是怎麼回事？未免太可怕了，我昨天和今天都惡夢連連，根本沒睡好，害我要為文學雜誌寫的隨筆也拖稿了！」

「……啊啊，這樣啊。」

「這是我第一次拖稿，簡直難以置信！」

我用低沉的聲音嘆著氣說道，言下之意，就是「你們要怎麼賠償我？」。

我知道這件事和黑田無關，但我無法不遷怒於人。

「……真的很抱歉。」

黑田帶著哭腔小聲道歉……我該不會把她嚇哭了？啊啊，千萬別這樣。不瞭解狀況的人，會以為我在電話中霸凌她。

「……不，我才不好意思，剛才說得太過頭了。」我努力克制自己的情緒說道。

「不，完全不是老師的錯。」

當然啊，我根本沒有錯，我是受害者！我又差一點情緒失控，只好用力咬著嘴唇，停頓了一下後，靜靜地問：

「……找我有什麼事嗎？」

「啊，對……雖然也可以用電子郵件告知，但我認為直接通電話比較萬、無、一、失。」

萬無一失？

「不是啦……只是我覺得用電子郵件聯絡有點冷冰冰的，而且有時候也會引起誤會。更何況電子郵件無法傳達一些細微的感覺，所以有事的時候，我通常都會用電話聯絡。」

她這麼年輕，真是太難得了。現在的年輕人……不，即使是已經算老一輩的我，大部分時候也都是用電子郵件聯絡。

「今天打電話給您，是為了尾上的電子郵件的事。」

「啊？是不是查到了什麼？」

「對……那天之後，我們聯絡了她的家人，得知尾上曾經短暫清醒，而且清醒的時候可以下床大步快走，簡直就像是不曾發生墜樓意外。醫生也很驚訝，說是發生了奇蹟。在她從加護病房轉到心臟科加護病房後，還趁護理師不注意，偷偷用手機。所以寄給您的電子郵件很可能是那個時候寫的。」

嗯嗯，尾上在電子郵件中也提到她住在心臟科加護病房的事。

「在問了敝公司資管室的同事之後，發現尾上的手機也可以登入公司電腦的郵件帳號，也就是說，尾上用手機傳的電子郵件，也是透過敝公司的伺服器傳送的。所以同事認為，很可能真的是敝公司的伺服器有什麼問題，才會導致寄信發生了時差……這是資管室的推測，最後決定要全公司徹底清查……很抱歉，是否可以請老師把尾上寄給您的電子郵件全都轉傳給我們？因為可以看標頭，就可以查出經由的伺服器，應該有助於查出原因──」

「標頭？」

「對，在郵件軟體中應該會有『檢視』選單，點進去之後，就會出現『標頭』的選單，只要再點一下……」

我拿著電話，在電腦前坐下的同時。

「噗噗噗呼。」

電腦再次響起了那個聲音。

我心跳加速。該不會又是尾上寄來的？

我戰戰兢兢地打開郵件軟體。

「啊。」

「老師？怎麼了？」

「不，沒事。」

我放鬆了肩膀，暗自鬆了一口氣。是E出版社寄來的電子郵件，通知我再版的消息。如果是平時，我會興奮地歡呼：「太好了！」但現在沒有這種心情。

「嗯？」

郵件還有後續的內容。

恕我雞婆請教老師一件事，請問老師有和淀橋書店合作嗎？目前淀橋書店有一些負面的傳聞，請老師多加注意。

……怎麼回事？

看到這麼意味深長的內容，不可能不在意。我一邊聽著電話，一邊用「淀橋書店傳聞」的關鍵字開始在網路上搜尋。

沒想到發現了「淀橋書店的員工連續離奇死亡，光是今年就已經有三名員工過世」的文章。

其中一名員工是過勞死，另一人是自殺，還有人墜樓身亡……墜樓身亡的這個人應該就是尾上。

問題是竟然有三個人——

「老師？怎麼了？」電話中傳來黑田的聲音。

「啊，不好意思……因為收到了工作的郵件，必須馬上回覆對方。我可以先掛斷電話嗎？」

「喔，好，是我不好意思，耽誤您這麼長的時間。」

「我等一下會把尾上小姐的郵件轉寄給妳。」

「好，那就麻煩老師了。」

掛上電話後，我開始專心搜尋。有很多傳聞，總結之後……

這兩年期間，總共有七名淀橋書店的員工和相關人員死亡。也就是去年有四個人，今年死了三個人。網路上議論紛紛，認為是方位不好。因為淀橋書店在兩年前搬入了位在N區的新辦公大樓。

方位不好？方位不好，會導致這麼多人送命嗎？

應該不只是方位的問題……一定還有其他原因。沒錯，一定有其他原因——

不知是不是作家的習慣使然，我明明因為睡眠不足導致身體累到極點，但手指停不下來。

當我回過神時，發現自己打開了網路地圖，然後立刻輸入了淀橋書店的地址。

沒想到——

「啊……！」

我全身不寒而慄。

因為那棟大樓建在三角形的土地上，就連大樓本身也是三角形。

而且還是形狀畸形的不穩定三角形。

這時。

「噗噗噗呼。」

收到電子郵件的聲音再次可怕地響起。

＊

我是淀橋書店的尾上茉日。

感謝您一直以來的關照。

老師，我知道了……正確來說，是我想起來了！

我想起第三個女人是誰了！我想起她驚人的身分了！

……啊，對不起，我聽到護理師的腳步聲。如果被護理師發現我在寫電子郵件，又會挨罵了。

改天再和您聯絡。

尾上茉日　敬上

又及

老師，希望第三個女人不會去找您。

禁地

キンソクチ

1

二〇一九年十月的某一天。

我和T出版社的責任編輯……菊田女士一起吃午餐。

持續兩年的連載終於結束，所以我們一起吃午餐慶祝。我終於卸下重擔，渾身癱軟，幾乎毫無防備。好久沒吃的蛋包飯太好吃，海鮮沙拉的醬汁也太合我的口味，但我也不該因此恍神。

就在我用叉子撈起沾了滿滿沙拉醬汁、肉質飽滿的蝦子時，她開了口。

「老師，謝謝您為我們連載，所以……有一件事想和您商量……可以嗎？」

「嗯，沒問題啊。」

我不假思索地回答。

「真的嗎？謝謝！」

咦？她為什麼這麼高興？難道不是要討論出單行本的事嗎？我向來把單行本的裝幀、版型之類的事全權交給責編處理，從來不會插嘴干涉。這是我從踏入文壇以來的信條。我始終認為，雖然小說是我寫的，但書是編輯的作品。我和菊田女士合作已經五年，事到如今——

「太好了……！因為之前聽說您很忙，所以本來不抱希望……沒想到您一口答應……！真是太好了……！」

好像不太對勁。

「那截稿期就定在下週五……可以嗎？」

啊？截稿期？

「因為剛好遇到連假，所以截稿期稍微提前了……當然，還要看您是否方便，也可以延到下下週一，您不必客氣，可以直接告訴我！」

「……啊？」

我似乎莫名其妙地答應了要為文學雜誌《近代小說》寫一個短篇。

而且截稿期就在一個星期後！我必須在一個星期內，寫出相當於五十張到六十張稿紙的內容！

很可能是別人交不出稿子，所以找我救火。不，應該就是救火。

我又、上當了……

蝦子從叉子上滑落。

菊田女士在這方面很高招，簡直就是天才。她會把自己的心願塞進閒聊，然後趁對方稍有不慎，就見縫插針地問：「可以嗎？」被她設計的人幾乎會不假思索地回答：「沒問題。」

「那我就不說廢話了，要麻煩您的題目是『凶宅』。」

「凶宅？」我終於回過神，「就是指獨居者死在家裡或是自殺，還有發生命案的那個凶宅嗎？」

「對，沒錯。」

「文學雜誌要刊登凶宅的故事？」

「對，沒錯，現在不是很流行凶宅嗎？」

聽說最近有關凶宅的書賣得非常好。

「所以我們也打算跟上流行的趨勢。往年這個時期都會做情色專題，但最近因為法規的問題，對色情的主題比較嚴格……而且也會遭到客訴，於是就想到了這次的企劃。」

不，我覺得主題做凶宅，也會接到很多客訴。

「但是凶宅的主題並不好做。」

我並不意外。

「我們委託了幾位作家，有兩個人身體出了狀況，中途退出了。其中一個人昨天突然打電話給我……說無法接這個案子，您不覺得很過分嗎？」

原來如此，所以才會找上我……菊田女士的厲害之處，就在於也會不經意地說出這些原委。

「所以我就想到了老師，我記得您之前在隨筆中，曾經提到初來東京時住的公寓吧？」

喔喔。她是說「M公寓」嗎？

「我聽說了，那棟公寓好像很有故事？而且還聽說淀橋書店的編輯去那棟公寓採訪時去世了……是不是叫尾上小姐？」

這個消息果然傳開了，我猜想傳聞一定誇大其詞，添油加醋。我必須在此明確否認。我探出身體說：

「我和那起意外完全沒有任何關係。」

我斬釘截鐵地說，同時也包括了「希望妳別再談這件事」的警告，但菊田女士並沒有住嘴。

「啊？是意外嗎？……我聽說是自殺。」

「……自殺也是一種意外。」

「嗯，也是啦。」

菊田女士瞬間移開了視線，然後緩緩地把拿坡里義大利麵纏在叉子上，但並沒有送進嘴裡，看著半空說：「不知道她為什麼會自殺呢？」

「我聽說——」我重新撈起剛才逃走的蝦子說：「——淀橋書店連續發生了多起不幸的事。」

「啊，這件事我也聽說了，自從在N區建了新的辦公大樓之後，就連續發生多起不幸的事。我記得——」

「聽說光是今年，就死了三名員工。」

「三個人真的有點多，雖說難免會有犧牲品。」

「啊？犧牲品？什麼意思？」我再度探出身體。

「您沒聽過這種說法嗎？在新建住家或辦公大樓時，都會有一段時間衰事連連，頻頻發生不幸。名人不是常有這種事嗎？剛建了豪宅，結果就傳出緋聞離婚，最後也放棄了豪宅……諸如此類的。也有企業在建造了新的辦公大樓後，經營就出了問題，結果公司倒閉了……不是常有這種事嗎？最有名的就是山一證券吧。」

「山一證券？就是申請自主歇業，形同倒閉的那家證券公司？」

「沒錯，就是那家山一證券。」菊田女士晃動著纏了拿坡里義大利麵的叉子，雙眼發亮地繼續說了下去。「一九九六年十月，山一證券的新大樓在茅場町竣工，但在隔年的十一月就申請自主歇業，新的辦公大樓落成後短短一年就破產了。」

「妳知道得真清楚。」

「因為我之前在周刊任職，經常聽作家提起當時的事。在辦公大樓完成的同時，公司內部那些營私舞弊、貪贓枉法的事連環爆，轉眼之間就倒閉了。所以大家都認為是被新的辦公大樓吃掉了。」

「被新的辦公大樓吃掉了？什麼意思？」

「我聽那位作家說，在建造新的房子或辦公大樓時，會耗盡業主的運氣。」

「運氣？」

「對。建造房子不光需要錢，還需要『運氣』和『德行』。如果當事人的『德行』不夠，就會動用到祖先累積下來的『德行』。所以當房子造好的時候，『德行』會歸零，有些時候甚至是負數。以身體為例，就像是赤手空拳，免疫功能是零的狀態，細菌和病毒都可以入侵。所以在房子新落成後的那段期間，運勢會特別差。」

「原來是這樣，意思就是之前保護自己的東西完全消失了。」

「沒錯，所以在建造房子或是大樓時，必須舉行淨化儀式、開工動土儀式、上樑儀式和竣工儀式，向神明祈願……有時候甚至用活人奠基——」

「活人奠基？現在這個年代，應該不會有這種事了。」

「是嗎……？」

不知道是否是因為遭到否定而感到不悅，菊田女士突然閉了嘴。

兩人陷入短暫的沉默。

菊田女士一個勁地吃著拿坡里義大利麵，我吃著海鮮沙拉。

「還有誰會寫以『凶宅』為主題的短篇？」

我打破了沉默。

文學雜誌的短篇通常都是競爭創作，由好幾名作家針對相同的主題創作後進行比賽。瞭解其他參加成員，或許讓我有藉口推辭。比方說，如果K和R也參加，我就有理由可以拒絕。因為我曾經在社群媒體上和他們大吵過，我不知道他們到底對我有什麼不滿，一有機會就來嗆我，所以有一次我就封鎖了他們。他們對這件事懷恨在心，至今仍然到處說我壞話。

「這次參加的成員……」菊田女士沒有擦被番茄醬染成鮮紅的嘴唇，翻著記事本，小聲嘟囔說：「呃……是A、E……還有S……」

都是我從來沒聽過的名字……這些都是新人作家嗎？

「還有G老師。」

「G老師！」

我全身起了雞皮疙瘩。G老師是文壇權威，我從學生時代就很愛他的作品，簡直可以說是我的心靈導師。如果有人問我，有沒有尊敬的人，我會回答G老師。

「……G老師嗎？真的嗎？我有點難以置信。」

G老師向來都寫社會派推理的大部頭作品，怎麼會寫凶宅的短篇？他會參加這種華而不實的企劃嗎？

「沒想到G老師很感興趣，不瞞您說，老師已經交稿了。他第一個交稿。」

菊田女士終於用餐巾擦了嘴，但似乎並沒有察覺濺到下巴上的番茄醬，所以像血漬一樣仍然留在那裡。

「G老師似乎也很期待其他人的作品，他說很想早一點看到……別看G老師那樣，他似乎很喜歡驚悚小說或是靈異小說。」

「他說很期待其他人的作品？」

「對，沒錯。」

既然老師說了這種話，我怎麼可能拒絕。

「……這樣啊，那我得好好加油。」

「對，沒錯，請您好好加油！」

菊田女士像惡魔般笑了起來。

「……」

我又輕易答應了。我這個大笨蛋！

不，不對，這不是重點。

我什麼時候淪落為救火隊了？

即使稱不上是超暢銷作家，我一直以為自己還算是當紅作家。我的收入也超過上班族的平均年收，目前住在赤坂的超高層公寓。

……但是，我只是救火隊？而且截稿期在一個星期後……我剛踏入文壇時，也沒接過這麼離譜的工作。

難道我並不像自己以為的那麼紅嗎？出版社並不重視我嗎？只是把我視為配合度很高的作家嗎？

我用湯匙背面把蛋包飯上的番茄醬胡亂抹開，低下了頭。

2

嗯。

我難得搭乘小田急浪漫特快。

上午十一點多。

責任編輯菊田就坐在我旁邊。

今天的行程是所謂的採訪旅行。

目的地是本厚木車站。

「老師，我第一次聽說您以前住在厚木。」

菊田好像在炫耀似地翻著她的記事本，嫣然一笑說道。

這本淡橘紅色的皮革記事本簡直就像是菊田的註冊商標，她隨時都拿在手上，即使聊天到一半，也會「啊」地叫一聲，然後拿起筆，不知道在記事本上寫什麼。她的記事本上到底寫了什麼東西？是別人的壞話嗎？還是誰的把柄？

「菊田，妳有沒有去過厚木？」我也好像在炫耀似地把玩著放在腿上的手機問。

「厚木……我想應該沒去過，也是第一次搭浪漫特快。」

「是喔，原來是第一次。那妳有沒有去過箱根？」

「去過，是開車去的。」

「原來是開車去。」

「啊。」菊田似乎閃現了什麼靈感，拿起筆，在記事本上寫了起來。

一旦她開始在記事本上寫字，就會暫時沒有聲音。我也拿起手機，漫無目標地滑了起來，結果看到了「稻荷」兩個字。

啊，我想起來了。去新宿車站的計程車上，為了預習今天的採訪工作，我曾經搜尋過這個關鍵字。

……欸，但是我為什麼會搜尋「稻荷」？

我記得當時我打開了地圖，確認今天要去的目的地的路線。

但記憶很模糊。

因為要去的地方是我讀小學時住的房子，我在那裡住了不到一年，所以當時的記憶好像籠罩在霧靄中。模糊的程度甚至讓我不禁懷疑，一切都只是夢境。

但是，只有一件事記得很清楚，那就是「墳墓」。

有一次，我無法克制內心的好奇，走進了後院後方的山。雖說是山，但其實只是一座被竹林覆蓋的小山丘，只要沿著和緩的斜坡走一百公尺左右，就可以到小山丘的山頂。

山頂上有三個在那很久了的石頭墳墓。其中兩個墳墓上刻了名字，但另一個完全沒有名字，而且形狀也很奇怪。乍看之下，完全看不出來是墳墓，簡直就像只是把醃醬菜的石頭丟在那裡而已。但墳墓前放著點心、飯糰和麵包，顯然有人不時來祭拜。

那個墳墓到底是怎麼回事？

即使我想問大人，也不敢真的問出口。因為父母禁止我去山上。

「千萬不能去那座山，因為那是鄰居家的土地，你去那裡會變成非法入侵，被警察抓走。」

這當然是大人常用來嚇唬小孩的話，這句話反而刺激了我。這就是所謂的「卡里古拉效應」，越遭到禁止的事越想做的心理。

好想去，好想去，好想去……我好像中了邪似地看著後山和後院之間的圍籬。

那是很常見的鐵網圍籬，可以輕鬆爬過去，但上面貼了一張寫著「私人土地」的紙，簡直就像是符咒，讓那張老舊的鐵絲網變成了牢固的結界。卡里古拉效應越來越強烈。

好想去，好想去，好想去……

我的好奇心到達了頂點，有一天，終於爬上了那個圍籬——

「是不是有一座稻荷神社？」

菊田突然這麼問我。轉頭一看，發現她手上拿著手機，那本記事本放在腿上。

「什麼？稻荷神社？」

「對，就是我們等一下要去的地方。之前聽老師說了之後，我調查了一下……

「那座山是不是有問題？」

菊田在說話的同時，把手機螢幕出示在我面前。手機螢幕上是地圖，在住宅區內有一片被塗成綠色的地方。

啊，我想起來了。在計程車上確認路徑時，我也找到了這個地方。

那一片綠色區域範圍並不大，從地圖上來看，有點像是城市中的公園，但上面寫了「X山」這個名字，所以應該是一座「山」。北側出現了神社的標誌，我把那個區域繼續放大，看到了「X稻荷神社」這個名字。記憶突然在腦海中翻騰，似乎對「稻荷」這兩個字產生了反應。正當我好奇地想要搜尋時，計程車司機突然對我說話，打斷了我的思考……雖然是初老現象，但最近健忘的情況越來越嚴重，一旦被打斷，就會完全忘記之前正在思考的事。只不過還能夠像這樣回想起來，應該還不至於太慘吧……我總是這麼安慰自己。

「江戶時代似乎很流行稻荷神社，據說是日本最多的神社——」

我對菊田說道，藉此表示自己頭腦很清楚，菊田也不甘示弱地說：

「我記得在一些小巷弄或是私人住家的庭院內，也有祭拜稻荷神的小廟。」

小廟？

籠罩記憶的霧靄一下子撥雲見日。

「有，真的有！有稻荷神的小廟！」

但是並不是在山上，而是在我們租的房子的院子裡。

我們當時租的房子是父親任職的公司租用的。

我父親經常需要調職，所以每兩年就要搬一次家，每次住的地方都很寬敞漂亮，而且房租都超便宜，所以我母親反而對此感到高興。

而且在厚木住的是幾乎全新的獨棟房子，還有一個很大的庭院，通道前方有一道爬滿蔓性玫瑰的門，簡直就像是會出現在小坂明子經典名曲〈你〉中的那種童話故事般的房子。

「那是一棟西式的房子，卻有稻荷神的小廟嗎？」

菊田感到好奇，雙眼發亮地問。

「嗯，對啊，小廟就在後院的角落，只有那裡很陰暗潮濕。我記得我媽非常討厭那裡，說她完全不想靠近。」

「那座小廟一定是在建造那棟房子之前就有了。」

「大概吧。」

「那棟獨棟的房子為什麼會出租？不是幾乎全新的房子嗎？」

「被妳這麼一問，的確有點奇怪。為什麼呢——」

記憶真的很不可思議，一旦一個記憶被喚醒，其他的記憶就一個接著一個接連甦醒過來。我腦海中接連浮現出當時的記憶，簡直就像是最近才聽說的事。

「啊，對了，我想起來了。我記得我媽說，屋主調去國外工作了。」

「剛造好房子就被調去國外嗎？」

菊田的眼中閃過一絲疑問，「……真的是調去國外工作嗎？會不會是逃走了？」

「逃走？」

「因為……」

「不不不，等一下，我們這次的採訪對象不是我當年住的房子，而是後山的墳墓啊。」

我就像諧星般用力搖著右手。

沒錯。我們今天的目的地是那座神秘的墳墓。

希望您可以寫一篇關於「凶宅」的短篇故事……當菊田委託我這個案子時，我最先想到的就是前面提到的那座墳墓的記憶。我稍微提了一下這件事，菊田就露出興奮的眼神說：

「那您可不可以寫那個墳墓的事？」

「但是我覺得和凶宅不太一樣。」

「即使稍微偏離主題也沒關係。」

「這麼隨便沒問題嗎？」

「只要夠驚悚就好……而且再稍微提一下凶宅的事就解決了。」

「呃……」

「總之，我們先去那裡看一下！」

菊田的行動力和堅持每次都讓我驚嘆不已。雖然我手上還有很多其他工作，根本沒時間出門採訪，但當我回過神時，發現自己已經坐在浪漫特快上了。而且菊田的工作態度也每每讓我敬佩不已，這次她也比我更熱心地積極搜尋了很多資料。

「……看這張地圖，『X山』好像是X醫院的土地，因為就在醫院的範圍內。」

菊田滑著手機說。

「啊？醫院？」

我也滑著手機，找到了相同的地圖。

「啊，真的欸……醫院就在山的西側……啊。」

我的記憶再次出現了反應。

「……老師，怎麼了？」

我想起來了。我想起還是小學生的自己為什麼會對那座山產生興趣。不光是因為卡里古拉效應，還有另一個原因。

那就是每天晚上，我都會聽到狗的叫聲。

有時候甚至白天也可以聽到。

但即使我告訴父母，父母也都不理會我，說是我想太多……

但是我清楚聽到了狗的叫聲，一定有人把小狗丟棄在那座山上，我必須去救那隻小狗。

我帶著幼稚的正義感，爬上了那個圍籬。

然後……

「那家X醫院現在是內科醫院，但以前好像是婦產科。」

我聽著菊田的說話聲，也繼續在網上搜尋資料，然後找到了一個網站。那是以網友投稿的方式蒐集昭和年代懷舊風景的網站，因為資訊量豐富而很受好評，我也不時會上那個網站查資料作為參考。

那個網站上有昭和五〇年代初期拍攝的X醫院和周圍的照片。

「啊，就是這裡。」

我的記憶完全甦醒了。

就是這裡。沒錯，就是這裡。我之前就住在這裡！

但是有一點不一樣。

「……真的假的？」

我的聲音發抖。

「老師，怎麼了？」

「我們家之前租的房子，原本可能是X醫院的土地。」

「啊？」

「妳看這個，就是這個稻荷神。」

我在菊田面前出示手機說：

「這個稻荷神在我家的後院，但這張照片顯示是在住院病房的中庭。」

「所以當時山的西側是X醫院，東側是那家醫院的病房嗎？」

「應該就是這樣……拍照的日期是昭和××年，所以就是我們家搬進去的五年前？」

「會不會是在那之後拆掉了病房，然後建了那棟房子？」

「應該是這樣……」

「啊，」菊田說話的聲音也有點發抖，「老師，您看這個。」

菊田在說話的同時，在我面前出示手機。

那是一張舊地圖。

「我找到了大正時代的地圖，X山的位置寫著『X古墳』。」

「古墳？」

「對，X山的地方不是『山』，而是『古墳』！」

古墳……那不就是墳墓嗎？我覺得寒意從我的腳尖爬了上來。

菊田可能也感到不寒而慄，摸著手臂說：

「我想起來了，以前曾經聽說過，有古墳的地方都會拜稻荷神。」

「什麼意思？」

「聽說現在的稻荷神信仰，是將把狐狸作為神祭拜的狐塚，和古代氏族——外來秦氏信仰的稻荷神結合而來的。」

「我聽說狐狸是稻荷神的眷屬……也就是使者。在古代，狐狸本身就是神……狐塚是？」

「狐塚就是狐狸的巢穴，聽說狐狸會在以前有古墳的地方挖洞而居。」

「原來是這樣，所以很多稻荷神社都在以前是古墳的地方……」

「沒錯。」

「所以我之前住在古墳中嗎？」

「好像是這樣，」菊田的雙眼再度發出光芒，「……我覺得好像越來越有意思了。古墳……也就是墳墓中的房子，這當然就是『凶宅』啊！」

「……凶宅。」

「老師，您說每天晚上都會聽到的狗叫聲，該不會是狐狸的叫聲？」

「……狐狸的叫聲？」

「我在意的是您看到的那三個墳墓。您說三個墳墓中，有兩個刻了名字。」

「……對。」

「是不是X醫院的人？」

「……不知道。」

「還有另一個沒有刻任何名字，看起來像是醃醬菜石頭的墳墓。這個墳墓很令人在意！不知道還在不在？」

菊田的情緒越來越高漲，我的心情卻越來越沮喪。

而且我越來越冷，渾身冰冷，簡直就像是泡在冰水裡。

因為我完全回想起來了。我回想起當時的事，回想起那時候看到的東西，但我覺得不可以說出來。

不，是絕對不可以說！

我直到前一刻都還忘得一乾二淨，一定是我自己刪除了這些記憶。

唉唉，但我為什麼又想起來了呢！

唉唉，為什麼！

「老師，快到町田了，本厚木就是下一站！」

菊田發出像少女般興奮的聲音，我的心情沉到了谷底，眼睛深處隱隱作痛。

是頭痛。我頭很痛。

「不好意思，我可以在町田下車嗎？」

「啊？」

「我頭很痛，沒辦法繼續採訪……我想回家了……」

「啊？啊？」

菊田的臉就像是在痛罵沒出息孩子的壞媽媽般扭曲著……好可怕。

但是，我還是必須回去。

因為。

我不能去那裡。不可以去那裡。

絕對不可以去那裡！

「啊？啊？」

我不顧菊田丟過來一大堆問號，獨自下了浪漫特快。

3

「什麼？就這樣結束了？」

我難以置信，確認了頁碼……並沒有缺頁，故事似乎真的就這樣結束了。

「怎麼會這樣？」

這個作家該不會也是救火隊，臨時被找來代打？

我看著剛寄來的《近代小說》最新一期的樣書，忍不住歪頭納悶。

柿村孝俊。

雖然我以前沒看過這個作家的名字，但〈狐塚〉這個篇名吸引了我，所以我讀了這個故事。

無論怎麼算，這些字數都不到二十頁稿紙，是未完成的小說。

我寫了五十五頁！而且只用了短短一個星期！

豈有此理。我怒不可遏，把《近代小說》丟在桌子上。唉，真是心煩，來吃泡麵好了！我把熱水倒進了泡麵裡。

即使吃了泡麵，內心的煩躁仍然無法平靜。

柿村孝俊。他到底是何方神聖？

我再度拿起《近代小說》，確認了最後作者簡介的部分。

柿村孝俊

一九七四年長崎縣出生，擔任自由撰稿人後，於二〇一八年以《那時候的……》獲得「近代小說新人獎」佳作，並以該作品踏入文壇。讀者都很期待他的第二部作品，但於二〇一九年十月，在撰寫〈狐塚〉期間猝死。

「猝死?!」

我太驚訝了，嘴裡的泡麵全都吐了出來。

*

「……寫〈狐塚〉的那個作家……真的死了嗎？」

我直截了當地問。菊田女士靜靜地點了點頭。她臉色蒼白，而且臉頰好像凹了下去。

我們正在T出版社附近的一家家庭餐廳。

今天是我約她見面，我想談談連載結束的作品出單行本的事。我寫了封電子郵件給她，她約我在這家餐廳見面。

單行本的事只是藉口，我想知道的是關於「柿村孝俊」這個人的事。

「……對，他去世了……過了截稿期之後，我怎麼都聯絡不到他……於是我就根據地址找上門……結果發現，他死了——」

菊田女士用手帕掩著嘴，說話時忍不住反胃。

「妳該不會發現了他的遺體？」

「……對。他住在普通的公寓，沒有自動門禁系統，而且門沒鎖。我按了門鈴，也沒有人應答……我有一種不祥的預感，走進房間一看……據說已經死了一個星期。」

死後一個星期……想必屍體已經腐爛。

「柿村先生一個人住嗎？」

「對……也就是所謂的孤獨死。」

菊田女士露出凝望遠方的眼神。她可能想起當時的景象，眼中閃著淚光。

「……就是我們之前在西餐廳吃午餐的那天……我和老師您道別之後，就去了柿村先生家，沒想到……」

「啊？就是那天？」

「……對。」

這樣啊，難怪自從那天午餐之後，菊田女士就一直沒有和我聯絡。如果是以前，她幾乎每天都會問我寫稿進度。這次即使在我交稿之後，她也只是簡短地回了一句「稿子收到了」而已，沒有任何感想。她不知道此舉造成我多大的不安，難道我寫的短篇拙劣到她無法有任何感想嗎？我自認為寫得很不錯……其實我今天約菊田女士見面，也想問一下這件事。如果我真的寫得很糟糕，那就明確告訴我，否則總覺得心裡很不舒服。

但眼前的狀況，顯然不適合問這件事。

菊田女士明顯很憔悴，而且有點魂不守舍，平時不離手的記事本也放在桌上。這也不能怪她，因為她發現了腐爛的屍體。如果換成是我，這種心靈創傷應該會造成多年的陰影。

「……但是我看到了稿子，所以算是不幸中的大幸……雖然還未完成，但總比沒有好。」

菊田女士好像在夢囈般說道。

「看到稿子？」

「桌上放著列印出來的稿子，所以在警察趕到之前，我就把稿子收起來了。因為一旦警察來了之後，可能會說什麼保全證據，然後就把稿子帶走。」

不愧是編輯，在這種事上處驚不變。

「不過，死因是什麼？」

「不知道，但他是死在床上。」

「所以是睡覺的時候猝死？」

「這也不太清楚……但是，根據我的印象，感覺……並不像是在睡覺的時候猝死。該怎麼說……他好像在害怕什麼。」

「害怕？」

「對，他的床靠在有窗戶的牆壁旁，他好像在躲避窗戶般，身體躲在床的角落，縮成一團。」

「縮成一團？」

「對，就是抱著膝蓋的姿勢……簡直就像是被什麼逼到絕境，然後在害怕中死去……而且手上還拿著佛珠——」

「佛珠？」

「對，他緊緊握著佛珠。」

「太奇怪了。」

「對，真的很奇怪，一切都很奇怪！」

菊田女士拿起她的記事本，啪啦啪啦翻了起來。

「我和柿村先生一起搭了浪漫特快去本厚木。」

「嗯，我知道，短篇小說中也有提到，但柿村先生在町田站下了車——」

「但實際上並不是這樣。我們一起去了本厚木，然後去了X山附近！」

菊田女士興奮地說著。她的雙眼充血，呼吸急促，簡直就像從鬼屋走出來的人一樣。

「……X山？……就是以前是古墳的地方？」

「沒錯，柿村先生以前住的房子，也還在那裡——」

*

——雖然屋齡將近四十年，房子看起來卻很漂亮，只是並沒有人住。好像有在招租，因為貼了房屋仲介招租的廣告單。

於是我們決定去拜訪那家房屋仲介。

那家房仲在車站附近，就是那種傳統的房仲店。一個上了年紀，瘦瘦的白頭髮男人接待我們。起初他很警戒，但看到我遞上名片後，他說：

「《近代小說》的每一期我都有看！從學生時代就開始看了！別看我這樣，我以前可是文青！」

態度立刻不一樣了。

「採訪？沒問題啊，您可以盡量問，我知無不言，言無不盡。」

「謝謝……那我就不浪費時間了，請問那棟房子從什麼時候開始變成空屋的？」我問。

「上個月。」房仲說。

「所以之前都一直有人居住嗎？」

「是啊……但是住了不到一年就搬走了。」

「一年？」

「其他人也都這樣。雖然有人租那個房子，但大家都住不到一年……到底是什麼原因啊？」

「該不會是凶宅之類的？」

「凶宅？喔，您是說心理上感覺不對勁的房子嗎？」

「對，比方說，有人死在那裡，或是曾經發生過命案之類的。」

「沒有那種事。那棟房子一直都由我負責管理，那裡既沒有死過人，也沒有發生過事件。應該說，還來不及發生那種事，大家就已經搬走了。」

「那是為什麼呢？」

我窮追不捨地問，房仲似乎拗不過我，小聲嘀咕說：

「會不會是那個原因？」

「那個原因？」

「那棟房子附近不是有一家醫院嗎？現在是一家小型內科醫院，以前是一家很大的婦產科醫院，還有漂亮的病房。但在發生某起事件後，醫院縮小了規模，病房也都拆掉，還把土地賣了。某家大型房屋仲介買了那塊地，建了房子……就是那棟房子。」

「發生了什麼事件？」

「……嗯……」

房仲似乎不願多談，我當然不可能罷休。

「該不會是護理師殺害嬰兒事件？」

「啊？」

「我來這裡之前調查了一下，查到了『X醫院嬰兒命案』的相關報導。」

「既然您已經調查得這麼清楚，那就沒必要隱瞞了……嗯，沒錯，有一名護理師接連殺了好幾個新生兒……我記得總共殺了六個嬰兒。那是一起駭人聽聞的事件，而且那些嬰兒的遺體都埋在醫院內的山上——」

「啊?!」我和柿村同時驚叫起來。

「……不，不是啦，說埋在山上只是傳聞。那座山的山頂上很久以前就有幾個墳墓，所以才會出現這樣的傳聞。」

「……傳聞。」

「但是傳聞很可怕，我猜想租了那棟房子的人，透過不同的方式得知了那個傳聞，所以都心生害怕，然後就逃走了……這只是我的推測。」

「所以是傳聞造成的嗎？」

「不，如果追根究柢，可能是其他原因。」

「其他原因？」

「在X醫院之前，那裡是X稻荷神社的土地，也就是所謂的禁地，嚴格禁止外人進入。」

「禁地？」

「對，顧名思義，就是不可以進入的地方。因為那裡以前是古墳，我猜想這就是原因……而且還有另一個秘密的理由。」

「秘密？」

「嗯……」房仲暫時閉上了嘴。我湊上前去問：「什麼秘密？」他小聲地說：「……那裡是詛咒用的場所。」

「詛咒用？」

「聽說戰前經常有這種事……所以那裡才會成為禁地吧？」

「……這種事？」

「就是詛咒啊。」

「您是說丑時參拜嗎？就是用釘子釘詛咒的稻草人……」

「和那個有點不太一樣，那裡是用犬神詛咒。」

「犬神？」

「總之，我想那座山附近應該還殘留著詛咒的意念，可能對人的心理產生了某些影響……這只是我的猜想，殺嬰的護理師也是受到影響，才會做出那種事。」

「犬神是什麼?」

房仲沒有回答我的問題，對我們說:「不好意思，我還有其他事要忙。」委婉地打發了我們。

我不經意地轉頭一看，發現柿村的臉像死人一樣蒼白。

我覺得很不尋常，於是就帶他走進附近的咖啡廳。

喝了咖啡後，柿村的臉稍微恢復了血色。

「……今天就到此為止，我要回去了。」

柿村語帶懇求地說，我也認為這是最好的方法，於是對他說:

「那我去買浪漫特快的車票，請您在這裡稍等我一下。」

我離開座位只有短短幾分鐘而已，但當我回來時，柿村已經不見了。桌子上留了一張寫著「我回去了」的餐巾紙——

*

「該不會那天之後，就一直沒辦法聯絡到柿村先生?」

我問。

「是……那是我最後一次看到還活著的柿村先生。」菊田女士仍然用手帕掩著嘴說。

「真是匪夷所思啊。」

我緩緩抱住手臂……我為什麼會有似曾相識的感覺？……而且覺得哪裡不太對勁，但又說不出來。

「我覺得……柿村先生可能是被咒死的。」

菊田女士帶著哭腔說道。我第一次看到她這樣。

「咒死？什麼意思？」

「您知道柿村先生踏入文壇的第一部作品〈那時候的……〉嗎？就是獲得『近代小說新人獎』的佳作作品。」

「不……我沒看過。」

「嗯，我能理解，因為並沒有出書……只是刊登在《近代小說》上而已。」

「他的那部作品有什麼問題嗎？」

「換算成稿紙的話，差不多是三十頁左右的短篇，是以『夢』為題材的幻想小說。在那篇小說中，有關於『狗』的段落。」

「狗？」

「對，雖然只是十行左右的插曲，但描寫很生動，也許那是柿村先生的真實經歷。」

「真實經歷？」

「對，我猜想是他還在讀小學時，在X山上親眼看到的。」

「但是柿村先生在去那裡之前，不是忘記了在X山上看到了什麼嗎？」

「對，所以也許他自己並沒有察覺，只是在無意識中把這個插曲寫進了小說。」

「那是怎樣的插曲？」

「有一名少年，看到了一頭被活埋的狗，狗只有腦袋露了出來，而且那隻狗的面前放著看起來很好吃的飼料。因為狗被活埋了，所以吃不到那些東西……就是這樣的插曲。」

「……被活埋的狗？」

「這……會不會就是『犬神』？」菊田女士瞪大了眼睛，「我聽了房仲的話後很好奇，所以就去查了『犬神』，結果——」

「是不是一種『蠱毒巫術』？那是一種古代流傳下來的咒術，簡單地說，就是用自相殘殺等殘酷的方式殺害動物後，使之成為惡靈，然後加以操縱，咒殺政敵或是憎恨的對象。日本以巫化狗，操控其靈的『犬神』最有名——」

「您知道得真清楚。」

對啊，我為什麼知道得這麼清楚？對了，我記得以前曾經上網查過……咦？我為什麼會查這個？我想想。

我開始在記憶中尋找，菊田女士繼續說了下去，把我的思緒拉了回來。

「據說在製造犬神時，會把狗活埋，只露出腦袋，然後把飼料放在牠面前，讓狗的慾望達到巔峰，在牠餓死的前一刻，砍掉牠的腦袋。」

「……好殘忍。」

「對，據說蠱毒巫術越殘忍就越有效。」

「……好可怕。」

「當時還在讀小學的柿村先生可能看到了製造犬神的情景。」

「如果看到會怎麼樣？」

「不光是蠱毒巫術，所有詛咒的過程都不可以被別人看到。一旦被別人看到，詛咒就會回到自己身上。所以據說一旦被人看到……就必須把那個看到的人滅口。」

「滅口……！」

我忍不住大聲叫了起來，慌忙咬住了喝到一半的冰咖啡的吸管，喝了一口後問：

「……所以柿村先生因為看到了別人製造犬神，所以被滅口了嗎？」

「應該是這樣。」

「不，等一下，柿村先生不是已經不年輕了嗎？」

「他今年四十五歲。」

「即使他看到了別人製造犬神，但那不是他讀小學時的事嗎？您不覺得時間相差太久了嗎？」

「那個製造犬神的人當時可能沒看清楚柿村先生的臉，可能一直在找他。然後歲月流逝，那個人剛好看到了柿村先生寫的〈那時候的……〉，於是就知道，原來是他……」

「…………」

「會不會是那個房仲？」

雖然聽起來很合理，但未免太異想天開。

只不過菊田女士的眼神很認真。

在她那種眼神的注視下，連我都快要陷入奇怪的幻想。

我坐立難安，微微站了起來。然後假裝突然想起似地說：「啊，對了，我等一下要去和淀橋書店的責任編輯開會。」

說完，我立刻起身離席。

4

我說要和淀橋書店的責任編輯開會……當然是說謊。

但是，為什麼會提到淀橋書店的名字呢？

「啊。」

我在家裡把熱水倒進泡麵時，突然想起自己為什麼會對犬神瞭解得這麼詳細。

「對了，是尾上，之前看了尾上以前寫的部落格，上面出現了犬神，於是我就查了一下！」

明知道不該這麼做，但我還是坐在電腦前，尋找那個部落格。

「啊，就是這個。」

我點進了那個部落格。

*

「妳的身後……左肩上有一團黑色的東西，是不好的東西，最好趕快驅除。」

即使伯母這麼說，我也……

「到底是什麼東西附身在我身上？」

「狗，是一隻狗。」

「狗？」

「對，就是俗稱的『犬神』……」

「犬神……」

「我會在我力所能及的範圍內為妳驅除。」

「犬神附身在我身上嗎？」

「對，是像這樣的犬神。」

伯母在紙上畫了據說附身在我左肩上的犬神。

我看了之後，不禁感到愕然。

「這是典型的犬神……但是，為什麼這種東西會附身在妳身上？」

伯母含糊其詞。

「總而言之，這是不好的東西，最好趕快驅除。」

「要怎麼驅除？」

「嗯。」

伯母露出了嚴肅的表情說：

「一旦被犬神附身，就很難完全驅除……但也不是沒有方法可以封印。」

伯母說完，給了我一串紫色的佛珠。

*

電腦發出熟悉的「噗噗噗呼」的機械聲。

是收到電子郵件的聲音。

一看時鐘，是凌晨兩點多。

這麼晚了，是誰傳電子郵件給我？我努力移動僵硬的手，確認了電子郵件。

「啊？」

我整個人愣在那裡。

我是淀橋書店的尾上茉日。

感謝您一直以來的關照。

老師，我知道了……正確地說，是我想起來了！

我想起第三個女人是誰了！我想起她驚人的身分了！

……啊，對不起，我聽到護理師的腳步聲。如果被護理師發現我在寫電子郵件，又會挨罵了。

改天再和您聯絡。

尾上茉日　敬上

又及

老師，希望第三個女人不會去找您。

生靈

イキリョウ

我是淀橋書店的尾上茉日。

感謝您一直以來的關照。

老師，我知道了……正確地說，是我想起來了！

我想起第三個女人是誰了！我想起她驚人的身分了！

……啊，對不起，我聽到護理師的腳步聲。如果被護理師發現我在寫電子郵件，又會挨罵了。

改天再和您聯絡。

尾上茉日　敬上

又及

老師，希望第三個女人不會去找您。

*

二〇一九年十一月的這一天。

「啊？這封電子郵件是怎麼回事？」

我給A出版社的責任編輯……花本女士看了列印出來的電子郵件，然後向她簡單說明了來龍去脈。

我們目前正在神保町這棟細細長長、好像鉛筆形狀的大樓地下室的小咖啡廳內，我和花本女士談事情時，每次都會約在這裡。

在所有責任編輯中，我和花本女士合作最久，我們已經打了十七年的交道。十七年前，她還是剛進公司的菜鳥，有一種讓人放心不下的感覺。但現在完全不一樣，兵來將擋，水來土掩，行事風格處變不驚，無論怎麼看，都已經是一位資深編輯。

「……這封電子郵件很不妙……」

花本女士臉上的表情一下子回到了十七年前——那種滿臉無助、和咖啡廳服務生說話也戰戰兢兢的表情。

我也無助地嘆了一口氣說：

「這可不是開玩笑，雖然我不知道他們的伺服器出了什麼問題，但竟然一次又一次傳來以前的電子郵件，而且寄件人早就已經死了。每次收到郵件，我的心臟都快停了。」

「……真的很不妙欸……」

「即使和淀橋書店聯絡，電話也打不通……真是氣死我了。」

「……這真的很不妙……」

花本女士的臉越來越扭曲，看起來很可怕，簡直就像有一個手電筒從下方照在她的臉上。

「……老師，這真的很不妙……」

花本女士突然提高了音量，她的嘴唇微微顫抖。

「真的很不妙！」

我被她的氣勢嚇到，忍不住身體向後仰。

「什、什麼？怎麼了？」

「我認識一個很厲害的靈媒，要不要馬上去找那個靈媒？」

「靈媒？」

「對，要不要現在就去？」

「現在就去？為什麼？」

「這種事越快解決越好，否則後果不堪設想……」

「後果不堪設想？」

「我馬上來聯絡那個靈媒。雖然她很忙，但沒問題，我一定會讓她抽出時間，所以──」

但是我婉拒了她的好意。「我等一下還有事……我要去髮廊，我三個月前就已經預約好了，為我剪頭髮的大牌髮型設計師很難預約。如果我今天爽約，不知道下次什麼時候才能約到她……」我說著這些話，逃也似地起身離開了。

竟然要去找靈媒……

花本女士應該從這封電子郵件中感受到某些靈異的東西，因為竟然收到來自死人的電子郵件，任何人都會這麼想。

但也不需要去找靈媒。這也太誇張，太大驚小怪了。

淀橋書店的責任編輯說，只是公司的伺服器出了問題。

我並不贊成凡事都扯上靈異，而且也認為這種行為很危險。因為這個世界上有很多人利用別人的恐懼心理乘虛而入，從中賺錢。

花本女士真是讓人傷腦筋。

她工作能力很強，也很會照顧人，個性也很好，只是有一個缺點。

她是「靈異愛好者」。

我並不討厭靈異事件，也寫了很多這方面的作品，但花本女士已經太超過了。

真的很傷腦筋。

2

……真傷腦筋。

原本只是在腦袋裡想，沒想到脫口說了出來。

「怎麼了？有什麼傷腦筋的事嗎？」

髮型設計師看著鏡子問我，我終於回過神。

「不，沒事……不好意思。」

我立刻擠出假笑。

鏡子中的我就像一個晴天娃娃，身後是一個染了一頭紅髮的女人。

她姓和田，雖然個子嬌小也很苗條，但她是這家髮廊的店長，而且是很有名的大牌髮型設計師，也算是位名人。照理說，我這種人根本不可能預約到她為我剪頭髮，但B出版社的編輯之前在時尚雜誌當編輯，居中牽線之後，我才能夠成為她的老主顧。她不愧是大牌設計師，品味和技術都很出眾。只要經過她的手，就好像被施了魔法。自從我找她剪頭髮之後，經常有人說我「很時尚」。雖然我到這個年紀已經不追求時尚了，但聽到別人這麼稱讚，還是感到很高興。

不知道她今天會變出什麼魔法。

沒想到和田的表情很凝重。

而且我覺得她的臉色看起來也有點蒼白。

她累了嗎？

還是面對我這種有些年紀的顧客，做事有點提不起勁？

我再度對她擠出假笑。

「請問您相信『生靈』嗎？」

和田唐突地問我，我忍不住緊張起來。

「什麼？」

「就是『生靈』啊。」

「……妳說的『生靈』，是那個生靈嗎？就是活著的人靈魂離開身體，在外面自由活動的那個？」

「對，就是這個。老師，您有沒有遇到過？」

「沒有……」

「我有，就在不久之前。」

「……不久之前？」

「老師，您願意聽我說嗎？」

看到她可怕的樣子，我只能這麼回答。

「好，我願意。」

因為我現在就像是晴天娃娃被困在椅子上。她手上拿著剪刀，我當然只能服從。

「到底發生了什麼事？」

「嗯……」

和田的眼神很不自然地飄忽起來，然後重新握好剪刀說：

「……我有一個比我小五歲的妹妹，她在半年前結了婚，結婚對象是我的大學學弟。」

「所以是妳為他們牽的線。」

「算是這樣吧。」

和田停下了握著剪刀的手，然後嘆了一口氣說：

「我妹妹他們在結婚後，決定去租套房——」

＊

——我妹妹在南青山上班，她老公在溜池山王上班，所以他們想要在雙方通勤時間都只要三十分鐘左右的地方租套房。幸運的是，他們找到了完全符合條件的理想套房。

那是位在赤坂加拿大大使館附近的低樓層公寓。

位在三樓的套房屋齡很新，兩房兩廳的空間總共七十平方公尺，挑高的落地窗外是綠樹成蔭的公園，還有一個木頭地板的陽台，陽台上方做了雨遮。

套房內部的設備也很高級……開放式廚房內有淨水器，還有廚餘機和洗碗機。地面是大理石，有地暖系統、天花板吊隱式冷氣，還有管理中心提供服務。

買這麼高級的套房絕對要將近兩億圓，但房租竟然只要二十五萬圓。我妹妹他們的預算只有二十萬圓，所以超過他們的預算五萬。他們這麼告訴房仲，房仲說可以折價一萬，算他們二十四萬。

妹妹很猶豫，但她老公立刻表示：「我們要租！」雖然超出原本的預算四萬圓，但她老公很中意那間套房，不聽從妹妹的勸告。

「才多四萬而已，只要我多加班一下就解決了。」

而且他還表示：

「這麼超值的套房可遇不可求，二十四萬圓就能夠在這種精華地段租到這麼高品質的套房，簡直就像是中了樂透。」

他說的沒錯，正因為這樣，所以我妹妹也很猶豫。

因為她之前曾經聽人說，天底下並沒有所謂超值的套房。

而且房仲還折了價，所以妹妹懷疑，這間套房是不是有什麼隱情？

她向房仲說了自己的想法。

「別擔心，這是屋齡才三年的分售公寓，屋主之前自住。沒有人曾經死在這裡，也沒有發生過凶殺案。」

妹妹仍然不相信，於是當場就去凶宅網站上搜尋。沒錯，就是那個網站，可以查到全國各地凶宅的那個網站。

「是不是查不到？」

房仲一臉得意地說，妹妹看了很火大，繼續滑手指，想要進一步仔細搜尋。她懷疑可能有什麼被壓下來的事件，沒有登錄在凶宅網站上，所以在匿名板上繼續搜尋。

「不瞞兩位，還有其他幾個人預約要看這間套房。」

房仲說。

「啊？」她老公緊張起來。

這根本是房仲的慣用手法，故意讓客人著急，思考陷入停滯，然後就稀裡糊塗地簽了約。妹妹之前在租房時曾經吃過虧，所以這次嚴陣以待，絕對不想再上當！

但她老公之前一直住在老家，從來沒有在外面租過房，越來越心神不寧。

「我們就租這裡嘛，這裡很不錯啊。」

不不不，其中一定有詐，絕對有問題。天底下不可能有超值的套房……雖然妹妹嘴上這麼說，但還是開始動搖。

因為那間套房的條件實在太理想了。這裡可以放沙發，這裡放桌子，牆上要掛慕夏的畫……她忍不住在腦海中想像起來，不會有比這裡更好的套房了……妹妹終於用力點頭說：

「好，那就租這裡。」

隔了一個月，妹妹和妹婿就搬去了那間套房。

「等我們收拾好了，妳要來我們家玩喔。」

接到妹妹的電話後，我在五個月前，第一次去他們家玩，而且當天晚上住在他們家。

他們家真的很漂亮，簡直就像是藝人住的套房，窗外的風景太美了，好像住在森林裡。

在都市中能夠被這種美景包圍，簡直就是奇蹟，我甚至開始有點嫉妒妹妹。

「妳隨時可以來玩。」

在妹妹的邀請下，我又去玩了兩、三次……但是之後就越來越不想去了。

雖然每逢我休假的日子，妹妹就會邀請我「來我家玩」，但我總是推託「我有事」，很久沒有再去了。

因為。

在我第二次去她家時，發生了一件奇怪的事。

那天她老公出差，我們姊妹兩人難得沒有外人打擾，一直聊到深夜。我們就像回到了小時候，穿著睡衣，不停地吃著洋芋片和仙貝，當回過神時，發現已經深夜一點了。

我連連打著呵欠。

轉頭一看，妹妹的眼皮也很重，幾乎快閉上了。

「差不多該睡覺了。姊姊，妳睡這裡好嗎？」妹妹為我在客廳鋪了被子。她說了聲「晚安」，然後應該就走進了自己的臥……沒想到當我回過神時，猛然發現她一動也不動地低頭看著準備要睡覺的我。

「怎麼了？」

「嗯……我還有事要做。」

「什麼事？工作嗎？」

「嗯，差不多吧。」

妹妹走去廚房，窸窸窣窣地開始找東西。

妹妹在廣告公司上班，我想起之前她曾經負責過微波爐的廣告。

真是太見外了。她該不會把工作帶回家了？如果是這樣，應該早說啊，這樣我今天就不會來住了。

「因為我在這裡，所以妳沒辦法工作嗎？對不起。」

我對她說。

「不，沒事，我馬上就好，所以妳不必在意，繼續睡吧。」

妹妹的聲音說。

「但是……」

雖然她說馬上就好，但窸窸窣窣找東西的聲音遲遲沒有停止。

嘎恰、嘎恰、叩滋、沙哩……

喀哩、喀哩、窸哩、嘎恰、叩滋、嘎鏘……

這些聲音很刺耳，我只能用枕頭捂住耳朵，但仍然持續傳來聲音。

嘎恰、嘎恰、叩滋、沙哩……

喀哩、喀哩、窸哩、嘎恰、叩滋、嘎鏘……

這些聲音一直鑽進耳朵。

我睡不著，翻了好幾次身。

「我真的快好了，妳不必管我，趕快睡吧。」

妹妹的聲音再度響起。

而且還聽到她喃喃自語的嘀咕聲。

「沒有……放在哪裡呢……沒有……」

啊，好煩喔。

我睡不著！如果她要做什麼事，去自己房間做啊！

這樣我根本沒辦法睡——

但我好像在不知不覺中沉睡過去。

當我醒來時，已經是早上了。

朝陽隔著窗簾，淡淡地照了進來。

一看桌子，發現洋芋片和仙貝的空袋還丟在桌上，和昨天晚上一樣。

廚房的吧檯也和昨晚睡前一樣。

咦？妹妹昨晚不是在廚房忙了很長時間嗎？

廁所傳來沖水的聲音，接著是開門聲和走過來的腳步聲。

「早安！」

妹妹頂著一頭凌亂的頭髮走進客廳。

「早安……」我抬頭看著妹妹，說不出話。

「姊姊，妳怎麼了？昨晚沒睡好嗎？」

「沒有啊，睡得很好。」

「是嗎？但妳眼睛下面有黑眼圈。」

「啊？」

聽她這麼一說，我立刻去看了掛在客廳牆上的鏡子。

啊，真的欸，眼睛下方有很大的黑眼圈。

「我也沒睡好。」

妹妹抓著凌亂的頭髮，嘆著氣說。

「我最近都睡得很淺。」

「……妳的工作呢？」

「啊？沒關係，我今天請了半天假，下午再去就好。所以，姊姊妳也不必急著離開。」

「不，不是這個意思……妳不是把工作帶回家了嗎？」

「啊？」

「因為，妳昨天晚上不是在廚房工作嗎？我睡覺的時候，妳在旁邊忙了半天。」

「啊？在廚房？」

「對啊，不是發出嘎恰、嘎恰、叩滋、沙哩……的聲音，一直在找東西嗎？」

「才沒有呢，姊姊。妳一定是做夢了，妳做夢了。」

「做夢？」

「對，做夢……別鬧了，怎麼連妳也——」

「連我也？」

「不，沒事。」

妹妹說完這句話，深深嘆了一口氣。

她的側臉看起來簡直就像是另一個人。我感到很不自在，不顧妹妹的挽留，那天就匆匆離開了她家。

幾天之後，妹妹又打了電話給我：「妳今天和明天不是休假嗎？要不要來住我家？」我問她：「妳老公呢？」她回答說：「嗯，他出差了。」

又出差……？

她老公在貿易公司上班，的確經常出差，但是……

「妳來陪我住嘛，姊姊。」

妹妹執拗地央求。

「好，我知道了，那我去找妳。」

我忍不住答應了她。

說句心裡話，我並不想去。

但是當時的氣氛讓我無法拒絕，而且妹妹從小自我主張就很強烈。她會像鱉一樣緊緊咬住對方，在對方答應之前，絕對不放棄。

接著，那一天。

我邁著沉重的腳步去妹妹家的公寓。

說到赤坂，感覺就很光鮮亮麗，是東京的精華地段，但其實有很多坡道。妹妹家的公寓也在遠離大馬路的坡道下方。

一轉進那條岔路，就完全不見像永田町和青山大道的整齊街道，周圍的感覺完全不一樣。放眼望去，到處都是蜿蜒曲折的老舊小路，感覺有點像迷宮。我在上車時說了地址，但就連計程車司機也迷了路。

司機好像在辯解似地喃喃自語。

「真奇怪……衛星導航系統明明顯示就在這附近。」

司機很想回頭，但那條路是單行道，我無可奈何，只好對司機說：「那、那我走過去就好。」然後下了計程車。

上次也一樣。計程車跟著衛星導航系統的指示走，但繞了半天，繞回青山大道好幾次，然後又駛入像迷宮般的小路……來來回回很多遍。原本計程車費只要兩千圓左右，那次竟然付了將近四千圓。

這次我不會再犯相同的錯了……我下了計程車，但突然不安起來。那時候是傍晚，當然有路燈，但周圍感覺特別暗，而且還覺得有點冷。

我急忙用手機確認了地圖。

但是，即使我輸入地址，也只看到一片不知道哪裡冒出來的綠地。

難道他們的公寓還沒有標記在地圖上嗎？但是妹妹說，那棟房子屋齡已經有三年了，三年的話，應該會標記在地圖上吧。

我微微歪著頭，繼續往前走，看到熟悉的入口出現在眼前。

那就是妹妹住的那棟公寓。

「我又迷路了。」

我一看到妹妹，就忍不住向她訴苦。

「計程車的導航系統也找不到路，就連手機上的地圖也找不到。」

「這樣啊……」妹妹愁容滿面地回答，「其實，我直到現在，也常常迷路。」

她聳了聳肩，又繼續說：

「這種事不重要……我打算吃烤肉，我買了妳愛吃的高級牛五花。」

今天是只有我們兩姊妹的烤肉派對。

時間在轉眼之間就過去了，當我回過神時，已經是深夜了。

差不多該睡覺了……這時，妹妹突然對我說：

「前幾天，我仔細看了房屋的租賃契約。」

「看租賃契約？」

「對，在交給公司之前。」

「辦理房租補助的手續嗎？」

「對。」

「大公司真好，妳之前說可以補助三分之一的房租，對嗎？哪像我們，上限只有三萬。現在的三萬圓連那種沒有浴室、廁所要共用的兩坪多大房間都租不到。」

「那麼知名的髮廊，沒想到這麼吝嗇。」

「雖說那家髮廊很有名，但也是勉強打平而已，反正就是一家黑心企業……我有時候很羨慕妳，早知道我也應該去廣告公司上班。」

「妳真敢說，當初還不是妳自己不顧爸爸、媽媽都反對，從大學休學去讀美髮學校！堅持己見的是姊姊妳吧。」

「嗯，也對啦……租賃契約怎麼了？」

「在我把租賃契約交給總務課的人時，對方說：『妳的房東住在江戶川區呢。』我才第一次發現這件事。」

「江戶川區？但是在你們搬進來之前，房東不是住在這裡嗎？」

「對，房仲這麼說。」

「房東在港區赤坂有自己的公寓……卻住在江戶川區？」

我並不是看不起江戶川區。

但是在港區有高級公寓的人住在江戶川區這件事，感覺有點奇怪。因為港區和江戶川區的環境完全不一樣。

「而且啊，我用網路地圖查了房東的住址後，發現那裡是老舊的木造公寓……我又繼續搜尋，在房屋網上找到了那棟公寓的資料，沒想到竟然是在昭和時代建造的！而且房租只要五萬圓！」

這件事越來越奇怪了。在赤坂有一棟將近兩億圓高級公寓的人，竟然住在江戶川區房租只要五萬圓的公寓？

「我很好奇，房東為什麼自己住在舊公寓？我這一陣子一直在想這件事——」

妹妹一臉愁容，再度嘆著氣。我看了於心不忍，對她說：

「妳不必這麼在意，搞不好只是剛好有這種癖好。」

「癖好？」

「對，有些人嚮往昭和時代的生活環境，故意住在老舊的公寓或是獨棟的房子。我記得之前曾經看過這種報導。」

「有這種癖好的人……會買有各種最新設備的公寓嗎？」

「那一定是為了節稅或是其他目的……總之，一定是有錢人的興趣。」

「興趣……」

「既然名下有這種精華地段的高級公寓，一定是有錢人，所以住在破公寓一定只是興趣。」

雖然我也知道這種說法根本邏輯不通，有錢人怎麼可能只因為興趣，就特地去住昭和時代建造的木造舊公寓？

「興趣嗎？」妹妹歪著頭，似乎難以接受。

聊著聊著，發現已經深夜一點了。

我連連打著呵欠。

轉頭一看，妹妹的眼皮也很重，幾乎快閉上了。

「差不多該睡覺了。姊姊，妳睡這裡好嗎？」妹妹為我在客廳鋪了被子。然後她說了聲「晚安」，應該就會走進自己的臥……沒想到當我回過神時，猛然發現她一動也不動地低頭看著準備要睡覺的我。

「怎麼了？」

「嗯……我還有事要做。」

「什麼事？工作嗎？」

「嗯，差不多吧。」

妹妹走去廚房，窸窸窣窣地開始找東西。

妹妹在廣告公司上班，我想起之前她曾經負責過微波爐的廣告。

真是太見外了。她該不會把工作帶回家了？如果是這樣，應該早說啊，這樣我今天就不會來住了。

「因為我在這裡，所以妳沒辦法工作嗎？對不起。」

我對她說。

「不，沒事，我馬上就好，所以妳不必在意，繼續睡吧。」

妹妹的聲音說。

「但是……」

雖然她說馬上就好，但窸窸窣窣找東西的聲音遲遲沒有停止。

嘎恰、嘎恰、叩滋、沙哩……喀哩、喀哩、窸哩、嘎恰、叩滋、嘎鏘……這些聲音很刺耳，我只能用枕頭摀住耳朵，但仍然持續傳來聲音。

嘎恰、嘎恰、叩滋、沙哩……

喀哩、喀哩、窸哩、嘎恰、叩滋、嘎鏘……

這些聲音一直鑽進耳朵。

我睡不著，翻了好幾次身。

「我真的快好了，妳不必管我，趕快睡吧。」

妹妹的聲音再度響起。

而且還聽到她喃喃自語的嘀咕聲。

「沒有……放在哪裡呢……沒有……」

啊，好煩喔。

我睡不著！如果她要做什麼事，去自己房間做啊！

這樣我根本沒辦法睡——

……咦？眼前的情況和上次完全一模一樣。

想到這裡，我完全醒了過來。

對，我當時絕對醒著。不是在做夢，而是現實。

我戰戰兢兢地看向廚房。

有人在廚房，有人在廚房找東西。

嘎恰、嘎恰、叩滋、沙哩……

喀哩、喀哩、窸哩、嘎恰、叩滋、嘎鏘……

我全身起了雞皮疙瘩。

就在這個瞬間，我好像昏迷般陷入沉睡。

接著，早上。

我急急忙忙收拾東西，打算趁妹妹起床前離開。

但廁所傳來沖水的聲音，接著是開門聲和走過來的腳步聲。

「早安！」

妹妹頂著一頭凌亂的頭髮走進客廳。

「早安……」我抬頭看著妹妹，說不出話。

「姊姊，妳怎麼了？昨晚沒睡好嗎？」

「沒有啊，睡得很好。」

「是嗎？但妳眼睛下面有黑眼圈。」

「啊？」

聽她這麼一說，我立刻去看了掛在客廳牆上的鏡子。

啊，真的欸，眼睛下方有很大的黑眼圈。

……啊，眼前的情景，也和上次完全一樣——

*

「老師，您怎麼了？」

和田看著鏡子問，我將視線移到她身上。

「妳問我怎麼了……這件事聽起來很可怕，我都冒汗了。」

「您覺得熱嗎？要不要拿扇子給您？」

「不，不用了……但在廚房內窸窸窣窣找東西的人到底是誰？」

「就是生靈。」

「生靈？誰的？」

「我妹妹的。」

「妳妹妹的……生靈？」

「我曾經聽其他客人說，有時候淺眠或是在打瞌睡時，靈魂會出竅。」

「嗯，我也聽過類似的事。」

「是不是？我妹妹說，自從搬去新家之後，她就一直睡不太好，可能是靈魂在不知不覺中出了竅。」

「……會不會不是生靈，而是妳妹妹本人？也就是所謂的夢遊。」

「我當然也考慮到這個可能性，所以為了確認這件事，我上個星期又去了妹妹家。因為妹妹打電話給我，說她老公又出差了，所以又邀我去她家——」

*

然後，計程車又再次迷了路。

原本只要兩千圓的計程車費，我竟然付了五千圓。

到底是怎麼回事？難道其中有什麼隱情嗎？

我很好奇，下了計程車，立刻用手機查了公寓的名字和住址。

但是，正如我妹妹之前所說，沒有搜尋到任何相符的資料，凶宅網站上也沒有那棟房子。

也許單純只是這裡的路像迷宮，所以很容易迷路……

……就在這時。

我看到了「二．二六事件」這個名詞。

我繼續搜尋，發現當年二．二六事件就發生在妹妹家附近。您知道高橋是清這個人嗎？他是二．二六事件中，在家中遭到殺害的政治家。他的住家以前就在那一帶，也就是說，附近就有歷史上的凶宅！

而且我聽說在二．二六事件中，有許多政治家和警察遭到殺害，還有軍官被判死刑。

會不會和這件事有某些關係？……搞不好是在二．二六事件中喪命的人下的詛咒？

我想著這些事，茫然地站在原地時，有人叫我。回頭一看，看到一張熟悉的臉。

沒錯，他就是我妹妹的老公。

「怎麼了？你不是出差了嗎？」

我問。

「嗯，該怎麼說，那個——」

他說話像政治人物一樣吞吞吐吐。

「總之，先回家再說。」

「不，這——」

他就像不想出門散步的狗一樣後退。

「怎麼了？」

「……其實我不想回家。」

「啊？」

我立刻想到，妹妹和她老公之間出現了很大的問題。

他說去出差，應該也是說謊。他一定是離家出走了。

當我這麼問他時，他很乾脆地承認說：

「妳說對了。」

然後露出苦笑說：

「唉，為什麼會變成這樣？自從搬來這裡之後，完全沒有任何好事發生。」

「先不說這個，你為什麼離家出走？」

他聽了我的問題，立刻滔滔不絕說了起來。

「因為那間套房住起來很不舒服，該怎麼說，根本沒辦法好好休息。一直淺眠，身體很累，但在外面的時候就可以睡得很香甜。所以我都謊稱說是出差，但其實都住在商務旅館，或是住在學姊家裡……但也因為這個原因，老婆懷疑我外遇，每天都和我吵架。」

「所以你並沒有外遇嗎？」

「……不，這——」

「所以你外遇了？」

「只是最後變成這樣的結果。因為我實在不想回家，曾經喝酒到過了末班車的時間，結果大學的學姊說可以住在她家，然後……」

「那次之後，你就一直住在她家？」

「差不多就是這樣。」

「那你今天為什麼回來？」

「因為我覺得還是要和她好好談一談。」

「談離婚的事？」

「嗯，是啊。」

「但實際回到這裡，卻遲遲無法踏出那一步，所以就在家門前徘徊？」

「……妳說對了。」

「結果剛好看到我，就叫了我嗎？」

「對。」

「好，事到如今，我來為你們調解。有第三者在場，你們也比較能夠冷靜溝通。」

「是嗎？」

「所以先進去再說。」

正當我拉著他的手臂時，公寓入口的自動門打開了。

抬頭一看，門內有一個人影。

是妹妹。

妹妹的老公全身都僵住了，我也愣在那裡。

因為那個人影雖然有著妹妹的外形，但看起來完全是另一個人。最好的證明，就是她即使看到了我們，也完全沒有任何反應，然後無視我們的存在，好像在滑行般走去坡道上方。

「……妳、妳看那個！」

妹妹的老公臉色發白，指著公寓的三樓。那裡是他們家的陽台。

我看向陽台，也頓時面無血色。

因為妹妹就在那裡！

妹妹正在陽台的椅子上打瞌睡！

*

「……這是真的嗎？」

我忍不住笑了起來。我只能笑……因為太可怕了。

「對，這是真的，就是上週發生的事。」

和田在回答時，用剪刀輕快地為我剪頭髮。

「所以從公寓入口走出來的人是……？」

「是我妹妹的生靈。」

「……生靈，原來是這樣。」我再度露出了模稜兩可的笑容，「妳妹妹和她老公後來怎麼樣了？」

「應該會離婚，明天要找雙方的家長坐下來談談。」

「這樣啊……話說回來，妳妹妹真可憐……明明是新婚……她老公太不應該了，雖然說了一大堆藉口，但終究還是他外遇，而且家裡還有新婚的太太。」

「她老公應該也很痛苦，說起來也很可憐，他整整瘦了五公斤——」

「不，這也是——」

「比起這件事，您相信嗎？」

「什麼？」

「生靈。」

「…………」

「我至今仍然難以相信，但那時候看到的絕對是我妹妹的生靈。」

「…………」

「果然是因為地點的關係嗎？」

「地點？」

「是啊……我媽媽代替我妹妹，去為那間套房辦理了解約手續。」

「那間套房解約了？」

「對，前天解約了。當時，房仲對我媽說：『又要解約……』」

「又要解約……的意思是？」

「聽說我妹妹他們是租那間套房的第五對夫妻。」

「第五對？真多啊，那棟公寓屋齡不是才三年嗎？而且之前房東自己也住在那裡。」

「那個房東也住了不到一年就搬走了。」

「一年？」

「對，房東在搬進去後不久就發生了車禍，長期住院。而且經營的公司也出了問題，差一點要去申請破產。幸好最後沒有破產，但也無法再繼續住在那間套房，於是就出租，自己搬去江戶川區的公寓。現在靠那間套房的房租勉強過日子。」

「太悲慘了。」

「真的很悲慘，也許那間套房……不，搞不好那片土地有什麼問題，可以改變人的命運……」

和田握著剪刀的手停了下來。

「也許我妹妹是因為住在那裡才會出問題。」

「妳妹妹現在呢?」

「她在住院。」

「住院?」

「對……她好像有點服藥過量。」

「服藥?」

「安眠藥。因為她一直失眠,所以平時都會服用醫院處方的安眠藥……但她吃了之後仍然睡不著,所以前幾天吃了比平時更多的量——」

該不會,她妹妹試圖自殺?

正當我閃過這個念頭時,發現有人站在和田身後。

那個人身材與和田很像,剪了一頭短髮。

是店裡的工作人員?有什麼事嗎?

那個人目不轉睛地注視著和田。

但和田無視那個人,繼續輕快地為我剪頭髮。

和田為什麼對她視而不見?

明明那個女人就站在和田身旁啊。

那個女人慢慢拉近了與和田之間的距離，似乎希望和田發現她。

最後，她的身體緊緊貼在和田身上。

但和田仍然沒有理會那個女人。

「請問……」

我忍不住開了口。

就在這時。

我發現那個女人身上穿著病人的衣服。沒錯，就是住院時穿的那種很像傳統工作服的睡衣。

為什麼？她為什麼穿著這種衣服？

我隔著鏡子觀察那個女人——

咦？

光著腳？

那個女人光著腳！

她為什麼光著腳?!

我目瞪口呆。這時，穿著病人服的女人從鏡子中看著我。

然後對我露出笑容。

這時，我恍然大悟。

「請問……」

我努力活動僵硬的表情問和田。

「妳妹妹是不是短髮？也就是所謂的超短髮？」

「對，是沒錯……？」

「身高和妳差不多？」

「對，沒錯，我比她稍微矮一點。」

「妳妹妹的嘴唇下方是不是有一顆痣？」

「對……怎麼了？」

「沒事……」

我就像被約束帶綁住的囚犯一樣，一動也不動，閉上了嘴。

因為那個短髮女人瞪著我，似乎在叫我閉嘴。

然後，她用雙手掐住了和田的脖子。

3

「……不會吧？真的嗎……！」

花本女士說話的聲音發著抖，雙眼充血，變得通紅。

我約A出版社的花本女士在我們常去的神保町咖啡廳見面，然後把昨天在髮廊發生的事一五一十地告訴了她。

「所以那個大牌設計師的妹妹變成了生靈，出現在髮廊嗎？而且那個生靈想要殺了她姊姊……？」

「雖然難以置信……但就是這樣。」

「那個生靈後來怎麼樣了？」

「她掐住大牌設計師和田的脖子後，就突然消失了。」

「真的假的……」雖然花本女士這麼問，但雙眼閃著光芒，「被掐住脖子的和田呢？」

「不可思議的是，我竟然在不知不覺中打瞌睡了，當我醒過來時，發現一個完全不認識的中年大叔站在我身後。」

「大叔是生靈嗎？」

「不是，是髮型設計師……聽說和田為我剪頭髮剪到一半，覺得很不舒服，就去休息室休息了，所以請其他設計師接手，就換了那個大叔……那個大叔設計師的品味很獨特，最後幫我剪成這樣——」

我拿下了頭上的針織帽。

「呃。」花本女士張大了嘴，我幾乎可以聽到她發出這樣的聲音。

但她的表情立刻恢復了正常。

「但是為什麼妹妹的生靈想要殺和田？」

「雖然這只是我的想像……但我覺得她妹婿的外遇對象搞不好就是和田。」

「啊？」花本女士的眼神更興奮了，「所以是姊姊睡了妹妹的老公嗎？」

「八成是這樣。雖然和田說得事不關己，但如果她是她妹婿的外遇對象，很多事情都可以有合理的解釋。」

「什麼意思？」

「她妹婿的外遇對象是大學時代的學姊，和田也是她妹婿的大學學姊吧？」

「啊，原來是這樣……！」

「而且她妹妹常常邀請姊姊去睡她家，應該也是懷疑自己老公和姊姊之間的關係。」

「有道理！」

「和田說，她在妹妹位在赤坂的家中看到妹妹的生靈兩次，妹妹的生靈每次都在廚房內找東西……我猜搞不好是在找刀子。」

「刀子？」

「就是準備殺姊姊的凶器——」

「啊——！太可怕了！」

花本女士摸著手臂，但臉上帶著一絲興奮的表情。「……然後呢？那個大牌設計師和田之後怎麼樣了？」

「不清楚，我也不知道她怎麼樣了。但是，」我上下活動著左肩，發出了喀喀的聲音，「……從昨天開始，我就覺得肩膀很重。昨天晚上還因為肩膀很重，根本睡不著。」

「您是不是太累了？」

「這當然也是原因之一……只是我還擔心另一件事……」

「擔心另一件事？」

「嗯……昨天在髮廊，和田的妹妹出現時，我覺得她瞪著我，然後好像抓住了我的肩膀——」

「和田妹妹的生靈抓老師您的肩膀？」

「不，但是，」我轉動著肩膀，發出喀喀的聲音後繼續說：「……我也不太清楚，也可能一切都是夢。因為我在剪頭髮時睡著了。」

「夢？」

「嗯，一切可能只是我在做夢。生靈的事，還有和田對我說的那些事都是夢。」

「那麼，赤坂的公寓也是嗎？」

「我有上網搜尋了一下，並沒有找到相符的公寓。因為剛好就在我家附近，所以我也實際去找了一下……但沒有找到。」

「這樣啊……」

花本女士緩緩抱起雙臂，然後對我說：

「老師，要不要找靈媒看一下？」

「靈媒？」

「對，我覺得一定要找靈媒看一下比較好！否則後果不堪設想！我看我們明天就去！」

我迫不及待地深深鞠躬說：

「請妳一定要幫我預約。」

中央線
チュウオウセン

二〇一九年十一月的某一天。

那天，我搭乘了中央線快速列車，坐在我身旁的是A出版社的責任編輯……花本女士。

「……總覺得，淀橋書店好像岌岌可危。」

花本女士沒頭沒腦地說。

電車離開新宿車站才過五分鐘，剛經過中野。

「岌岌可危？」

我正在用手機自我搜尋，瞭解網路上對自己的評價，聽到這句話後抬起頭，看著花本女士。她的側臉看起來有點冷酷。

「就是倒閉啊，倒閉。」

「倒閉？」我抬起原本正在滑手機的手指，「怎麼可能？他們出的新書賣得不錯，而且不是才剛搬進新落成的辦公大樓嗎？」

雖然我這麼說，但有不少公司在搬進新的辦公大樓之後，經營就出了問題。比方說，山一證券。之前就有負面傳聞，在搬進新的辦公大樓之後，那些負面傳聞立刻以最糟糕的方式暴露出來。

淀橋書店也負面傳聞不斷，員工相繼死亡。

「……淀橋書店可能遭到了詛咒。」

花本女士意味深長地嘆了一口氣。

花本女士今天有點不太對勁。她平時總是喋喋不休地說話，讓我甚至來不及點頭附和。

但是她今天沉默寡言，即使開口說話，也很快就閉上了嘴。

果然是因為我拜託她帶我去找靈媒「補運」這種蠢事的關係嗎？

沒錯，我們目前正準備去見住在國分寺的「靈媒」。

這一陣子，我的身邊發生了很多怪事，而且左肩莫名其妙痛了起來。即使吃了平時服用的止痛藥也完全沒有效果。這絕對有問題，搞不好有不乾淨的東西附身在我身上。一旦產生了這樣的念頭，就感到坐立難安，所以我拜託花本女士，請她帶我去見「靈媒」。請靈媒為我「補運」，趕走不乾淨的東西，消除厄運。

但明明是花本女士先問我：「我認識一個很厲害的靈媒，要不要馬上去找那個靈媒？」而且她還說：「這種事越快解決越好，否則後果不堪設想……」甚至對我說：「我馬上來聯絡那個靈媒。雖然她很忙，但沒問題，我一定會讓她抽出時間，所以——」

是花本女士積極催我，我根本是聽了花本女士的慫恿，今天才會搭上中央線。但是。

我注視著花本女士的側臉。她的眼神很空洞，不知道在想什麼。

「說到詛咒……」

她再次開了口。

電車經過了阿佐谷。

「中央線不是經常發生跳軌自殺嗎？」

「嗯，的確經常聽到這種傳聞。」

「您認為是什麼原因？」

「啊？妳是問自殺的理由嗎？」

我慌忙滑著手機，然後用「中央線 自殺」的關鍵字搜尋……找到了不少相符的資料。我隨便點選了其中一篇。

「……欸，原來如此。二〇一八年各條線路事故排行榜中，中央本線和中央快速線的總和穩居第一。」

光是中央快速線，一整年就有三十三起，平均一個月就有將近三起。

「一九九五年十月十二日那天很恐怖，從傍晚六點到十點，就連續有三個人自殺。」

花本女士瞥了我一眼，露出空洞的眼神說：

「有一個男人在新宿車站的月台上跳軌，有一個女人跳下阿佐谷車站附近的鐵軌，還有一個女人在阿佐谷車站的月台跳軌。」

「……妳知道得真清楚。」

我目瞪口呆地看著花本女士。

「不瞞您說，我家就住在中央線沿線，所以經常搭中央線。」

「原來是這樣。」

「一九九五年時，我十七歲，是高中二年級的學生，每天搭中央線去位在新宿的高中上課。」

原來她在一九九五年時才十七歲，我當時三十一歲。這麼一想，就發現我們的年紀相差很多歲……在我想這個問題時，花本女士繼續說了下去。

「……那一年的十月十二日是星期四。那一天我很衰，一大早就和媽媽吵架，害我上課遲到，簡直糟透了。放學回家的路上——」

花本女士似乎恢復了平時的樣子，滔滔不絕地說了起來。

「——沒錯，放學之後，我搭了中央線，沒想到電車停在中野站不動了。等了很久，電車仍然沒有恢復行駛的跡象。那天我要去三鷹的補習班上課……想到又要遲到了，連我都很想死……我猜想那天等電車的人中，有好幾個人都和我有相同的想法。」

「想死？妳是說想自殺嗎？」

「對，我覺得那天會連續發生三起跳軌自殺，應該是因為這種心理連鎖效應的關係。」

「原來是這樣，的確曾經聽人說過，自殺會傳染。」我說。

「自殺會傳染？」花本女士的雙眼發亮。

「沒錯，自殺會傳染，是心理作用。比方說，名人自殺後，不是經常會有好幾個人跟著自殺嗎？之所以會有一些被稱為是自殺勝地的地方，也是因為心理效應造成的……也就是受到所謂維特效應的影響。」

「維特效應？」

「對，就是受到自殺報導的影響，接連有人自殺。源自歌德的《少年維特的煩惱》。」

「喔……原來是這樣——」花本女士深深點頭，「我記得那本小說的最後，主角維特自殺了。」

「沒錯，在那本書出版之後，有許多年輕人都相繼自殺，發生了自殺模仿現象。也就是自殺藉由小說這個『媒介』散播，導致很多人受到影響。這個現象就根據作品的名字，取名為『維特效應』。」

「日本也曾經發生過類似的情況……！」花本女士輕快地打著響指，她的表情已經是平時歡快的花本女士，「古代有近松門左衛門的殉情故事，很多年輕人被那個故事感動，也跟著模仿自殺，幕府甚至頒布了自殺禁令……時代逐漸變遷，來到昭和時代，有兩名女學生相繼跳進三原山火山口自殺。在媒體大幅報導後，有超過一百名年輕人紛紛跳進了三原山火山口……在昭和時代即將結束，有位偶像跳樓自殺之後，也發生了相樣的情況。」

「這些事件的共同點，就是受到影響自殺的都是年輕人，而且都模仿了其他人自殺的方法。受到《少年維特的煩惱》影響而自殺的人，也都和維特一樣舉槍自盡。」

「老師，您的意思是，經常有人在中央線自殺的原因，是『有人在中央線跳軌自殺』的報導，引發了很多人跟風自殺嗎？」

「而且我覺得『很多人在中央線自殺』的印象，也導致了更多人自殺。」

「簡直就是負面連鎖效應。」

「沒錯，就是負面連鎖效應……我猜想這是最大的原因。」

「總之——」

花本女士突然閉了嘴。

電車抵達了三鷹車站。

花本女士看著乘客上車、下車片刻後說：

「說到三鷹，就會想到太宰治，會不會也有受到他的影響？」

「啊？」

「……聽說太宰治在三鷹的玉川上水跳水自殺後，年輕人也流行跳水自殺……雖然說流行似乎有點不敬。」

「但的確也有年輕人覺得自殺是一種時尚，我認為就是流行。」

「總之，說到太宰治，就會想起自殺。太宰治曾經住在三鷹，三鷹就在中央線沿線，所以中央線會讓人產生『自殺』的聯想，似乎並不是偶然。」

花本女士說到這裡，又再度住了嘴。

……今天的花本女士果然不太對勁，感情的起伏很大。

她一下子像平時一樣輕快地聊天，下一刻又突然陷入沉默。從電車離開新宿之後，就一直是這種狀況。

真不知道該怎麼辦……我只好繼續滑手機。

這時。

「我的老家以前就在這附近。」

花本女士又唐突地這麼說了。

抬頭一看，電車已經到了武藏境車站。

「從武藏境車站搭公車十分鐘左右就到了。」

「妳說以前就住在這附近……那現在呢？」

「已經沒住在那裡了，我搬家了。」

「喔，原來是這樣。」

「…………」

花本女士再度陷入了沉默。

真的不知道該怎麼辦。照目前的情況，在抵達目的地之前，我就會因為壓力太大導致身心俱疲。如果要說話，就一直說下去；如果要沉默，就始終保持沉默，希望她可以二選一。好，事到如今……我決定假裝專心看手機，如此一來，即使花本女士突然說話，我或許也可以假裝沒聽到。

「啊，我想到了！」

這次輪到我突然叫了起來。

「一九九五年是阪神大地震發生的那一年，地鐵沙林毒氣事件也是在那一年……」

「啊？」

花本女士的視線緩緩轉了過來。

「那一年不是連續發生了阪神大地震和地鐵沙林毒氣事件這兩起重大事件嗎？到處都在大肆報導這兩起事件，每一家媒體都連續多日密集報導相關新聞，很可能因此對人們的心理產生了某些負面影響……也許不光是中央線，日本各地都發生了類似的情況……不知道有沒有辦法找到自殺的統計──」

我低頭滑著手機。

「鄧麗君──」

花本女士小聲嘀咕。

*

鄧麗君也是在那一年去世。

沒錯，就是那一年的五月八日。

那是黃金週結束的星期一。

那一天，我媽心情極差。原本黃金週結束的星期一就已經夠令人憂鬱了，再加上我媽情緒失控，讓我覺得自己好像陷入了淤泥沼澤。

我不喜歡我媽。正確地說，我討厭她，我恨她……即使這樣說也絲毫不為過。

那時候，我們幾乎不和對方說話。

我媽也幾乎不正眼看我，我們母女簡直就像仇人。我們周圍的空氣始終都繃得很緊，一觸即發。

阿姨在我和我媽之間扮演了協調的角色。

她是我媽的妹妹。

我媽很早就結婚了，但阿姨始終單身。她運用自己的專長做生意很成功，在經濟上也很寬裕，所以可能覺得不需要結婚。

我很喜歡阿姨，阿姨也很疼愛我。每次我媽罵我，阿姨就會安慰我。

我媽和阿姨雖然是姊妹，但兩個人完全不像。

我媽算是性格衝動型，她的感情起伏很激烈，想到什麼就說什麼。

阿姨屬於謀定而後動型，隨時都會冷靜觀察，仔細思考之後，才會說出最妥善的意見。用《亂世佳人》中的角色來比喻應該會很清楚，我媽是郝思嘉，阿姨就是韓美蘭。我媽的五官很亮麗，也很擅長社交，她經常吹噓說，年輕時有很多男人追求她。

但阿姨長相樸實不起眼，完全沒有聽說過她交過男朋友之類的事。

雖然她們姊妹的外貌和性格南轅北轍，但感情很好。

因為她們年幼時就失去了父母，兩姊妹一起在親戚家長大。她們齊心協力，相互鼓勵，才終於撐過了那段難熬的歲月。

也許是因為這個原因，她們姊妹的關係非常密切。她們整天通電話，有時候一說就是三個小時。我記得在我讀幼稚園的時候，之前住在靜岡的阿姨搬到我們家附近。聽說我媽在離我家搭電車只要幾分鐘的地方，為她找了一棟招租的舊房子，讓阿姨住在那裡。

我媽經常去阿姨家，只要一有事，就去阿姨家。阿姨也一樣，無論發生任何事，都會立刻衝到我們家。

阿姨和我們家的關係極其密切，我在小時候甚至覺得阿姨是我的第二個媽媽。

＊

「原來是這樣，對妳媽媽來說，阿姨是很可靠的妹妹。」

我插嘴說。

「我也很黏我阿姨。」

花本女士露出極其溫柔的表情接著說下去，「阿姨比我媽更加疼愛我，也很關心我。我們比母女更像母女，甚至連我爸都忍不住說她壞話。」

「阿姨或是姑姑格外疼愛自己兄弟姊妹的孩子是人類的本能，尤其是那些自己沒有小孩的阿姨或是姑姑，更容易出現這種傾向……嗯，可能是因為自己無法留下子孫，所以會疼愛和自己有血緣關係的人……就是所謂基因的策略。」

「嗯，或許這也是原因之一……但我們家的情況不太一樣。我認為應該是我媽不太適合當母親，或者說不懂得照顧孩子，反正和我很合不來。阿姨看不下去，向我伸出了援手。」

「妳阿姨應該是母性本能很強的人。」

「但我媽很缺乏母性本能……太諷刺了，因為缺乏母性本能的人，反而懷孕生了孩子。」

＊

記得我讀小學三年級時，我媽懷孕了。

她害喜的情況非常嚴重，甚至不太能做家事，每天心情都很惡劣，情緒起伏也很激烈，我和我爸整天都提心吊膽。

我媽原本個性就很衝動，懷孕之後脾氣更加暴躁，我整天都被她罵。

我的個性也很倔，每次被罵都會馬上頂嘴。我爸經常抱怨說，我們母女簡直就像兩個不良少女在吵鬧。

嚴重的時候，可能一整天都在吵架。

我的內心也覺得越來越煩。

我經常在和我媽吵架時，內心祈禱著「阿姨快來」。因為只要阿姨一來，我媽的心情馬上就會好起來，總之，我很需要阿姨。

媽媽的壞脾氣一天比一天嚴重，我越來越受不了，經常在電車的首班車還沒有發車的清晨就去車站接阿姨。像忠犬小八一樣，在那裡等好幾個小時。

阿姨看到我這樣，覺得於心不忍，就會帶我去車站附近的咖啡廳，請我吃我最愛的拿坡里義大利麵，並叮嚀我：「不可以告訴媽媽。」

「妳媽害喜很嚴重，害喜真的很痛苦，所以才會對妳發脾氣。」

我吃義大利麵時，阿姨看著我，這麼對我說，然後又接著說：

「不知道這次會生兒子還是女兒，最好是兒子。因為姊姊之前說，她已經受夠女兒了。」

阿姨說完這句話，露出了失言的表情。雖然她接著問我：「妳要不要吃聖代？還是布丁？」試圖掩飾自己的失言，但為時已晚。

因為我聽得一清二楚。

我媽說，她已經受夠女兒了。

也就是說，我媽已經「受夠」我這個女兒了。

這句話一直成為我內心的陰影。

雖然我們並不算是感情和睦的母女，但我還是有一點喜歡我媽的。

但是，在聽到「受夠」這句話之後，我就覺得我媽變成了一個陌生人。我媽覺得我是討厭鬼。一想到這件事，我就覺得全身好像快結冰了。

那天之後，我對我媽築起了一道牆。

無論我媽怎麼罵我、打我，都無法摧毀那道牆，而且那道牆越來越高，越來越厚實。

我媽可能對這樣的我感到很火大，有一次她把桌上的午餐全都掃到地上。

那是星期天的中午，阿姨像平時一樣來我家玩，我爸難得在家，我也坐在餐桌旁。

那天午餐是我最愛的拿坡里義大利麵，只不過難吃得要命，軟趴趴的麵條，簡直就像是麵糊，洋蔥和青椒又苦又硬，培根也沒有煮熟。所有食材都很不到位，而且太難吃了，我只吃了一口，就全部吐了出來。

「妳為什麼不吃！妳不是說要吃拿坡里義大利麵嗎！」

我媽頓時大發雷霆。

「既然妳不想吃，那就別吃了！」

我媽大叫著，把桌上的東西全都丟到地上。

番茄醬濺得到處都是，簡直就像血一樣。

我首先看到阿姨滿臉都是番茄醬，就像是被血濺到一樣。

阿姨的表情很悲傷，好像快哭了，但她擦著番茄醬，笑了笑說：

「姊姊，沒事，沒事，有我護著妳……我會護著妳，沒事。」

然後阿姨抱著我媽，我媽也緊緊抱著阿姨，像嬰兒一樣放聲大哭。

我爸看著她們愣住了，我也站在原地，無法動彈。

「啊。」

我爸最先發現了異常。我順著我爸的視線望去，發現我媽腳下有很多番茄醬。

……不，那不是番茄醬，而是鮮血。

那是從我媽下體流出來的鮮血。

*

「……咦？所以流產了嗎？」

意想不到的發展，讓我也嚇傻了。

「對，沒錯。」花本女士的聲音沒有起伏，「……而且好像是兒子，也就是我的弟弟。」

我不知所措，好不容易才擠出一句：「那真是太遺憾了……」

「的確很遺憾……如果弟弟生下來，也許我爸媽就不會離婚了。」

「啊？妳爸媽離婚了？」

「對，就在我媽流產的隔年。」

「……」我不知道該怎麼回答，只能將視線移向窗外。

電車剛經過武藏小金井。

「啊，說到武藏小金井，今年三月有一則不可思議的新聞——」我很生硬地改變了話題，「我記得是梓號特急列車，司機看到有人從武藏小金井的月台跳軌，緊急停了車，但沒有發現有人受傷，也沒有找到遺體，電車也完全沒有任何損傷——」

「啊，我記得那起事件。我記得電車上的監視器也沒有拍到任何東西……於是大家議論紛紛，認為可能是幽靈。但也有媒體報導說，監視器拍到有人躺在鐵軌上，最後不知道真相如何，事情就不了了之了。」

花本女士再度恢復了平時的樣子。

「我阿姨之前也住在武藏小金井。」

她又把話題拉回到「阿姨」身上。

*

父母離婚後，我媽和我一起搬去了阿姨位在武藏小金井的獨棟房子。

當時已經是屋齡超過三十年的舊房子，但阿姨很喜歡室內布置，下了很多工夫，打造成了北歐風情的漂亮房子。

阿姨問我媽：

「要不要把這裡改造一下，我們一起開咖啡廳？」

她提議開一家現在所說的老宅咖啡廳。

我媽很感興趣。她原本就很喜歡室內布置、雜貨、茶、英國或是北歐風格相關的東西。

但是我忍不住納悶……房子是租的，隨便改造沒問題嗎？

沒想到房東一口答應，轉眼之間，老宅咖啡廳就完成了。

雖然咖啡廳本身一直虧錢，但阿姨另有本業，我媽也有我爸支付的贍養費和我的教育費，所以我們也可以過和普通人無異的生活。

……但是，我和我媽之間的關係仍然很冷淡。

我們向來不直接說話，有事的時候，都會透過阿姨轉告。

即使如此，我的視線仍然追隨著我媽的身影。

只不過我猜想我媽的眼中根本沒有我。

我媽很投入咖啡廳的經營。

「我的夢想就是開一家咖啡廳，現在我的夢想實現了！」

她每天都像在唱歌、像在跳舞般在店內跑來跑去。

早知道我應該和我爸一起生活……雖然我好幾次都這麼想，但我爸離婚之後，已經和其他女人結了婚，而且也生了孩子，我只是一個多餘的人。

沒錯，我就是多餘的人。

我根本不應該被生下來。沒有人需要我。像我這種人——

每當我陷入沮喪，阿姨總是溫柔地對我說：

「別擔心，有我護著妳……有我護著妳。」

那時候，阿姨已經完全代替了我媽的角色。我有任何煩惱，都會找阿姨商量；遇到開心的事，也會先向阿姨報告。平時也是阿姨參加我學校的活動。

只要看不到阿姨，我就會感到極度不安。

如果聽不到阿姨的聲音，我就會寂寞不已。

在我快上高中時，阿姨占據了我的世界，我媽完全從我的視野中消失了。

雖然我們生活在同一個屋簷下，但我和我媽都完全看不見對方。

那時候，咖啡廳也完全變了樣，變成了酒吧。

在變成酒吧之後，生意一下子好了起來。不知道是否是因為引進了最新型的卡拉ＯＫ系統，附近的大叔都紛紛成為店裡的客人。

我媽也完全變了樣。她開始濃妝豔抹，衣服也越穿越花稍，而且經常唱鄧麗君的歌。

尤其是〈Hotel〉這首歌，更成為我媽的拿手歌。

不用說，〈Hotel〉這首歌當然是描寫外遇的歌……我有一種不祥的預感。

「……姊姊好像成為客人的婚外情對象了。」

有一次，阿姨自言自語般說。

「妳媽媽和別人外遇，妳說該怎麼辦？」

怎麼辦……

「姊姊好像打算和那個人在一起……該怎麼辦？」

阿姨幾乎每天都這麼嘟囔。我猜想阿姨應該也很煩惱。

「照這樣下去會不幸……會墜入地獄。」

她甚至開始說起這種話。

「差不多也該對妳說實話了，」阿姨說了這句開場白後，繼續告訴我：「我們的媽媽……也就是妳外婆也沒有結婚，就生下了我們。因為我們的爸爸另有家庭，所以我們姊妹是私生子。

「……不用說，這當然引起了對方太太的怨恨。那個太太找了某個人，詛咒了我們家的人。

「詛咒我們家子子孫孫都無法得到幸福……詛咒我們陷入不幸。

「不知道是否是詛咒奏了效，我們的爸爸被捲入意外身亡，媽媽也車禍過世，只剩下我們姊妹兩個人。

「親戚對我們說：『我們沒辦法和受到詛咒的孩子生活在一起。』

「所以我們就像皮球一樣被親戚踢來踢去。

「我們姊妹發誓一定要擺脫詛咒，絕對要幸福。姊姊為了實現這個誓言，在高中畢業後立刻結了婚。

「……沒想到結果就是現在這樣。她最後還是離了婚。所以我認為我們並沒有擺脫詛咒。

「而且，姊姊竟然還打算像我們的媽媽一樣。

「她竟然打算和有家庭的男人一起生活。一旦做這種事，又會招致新的詛咒。

「……妳說該怎麼辦？照這樣下去，不光是姊姊，我們也會不幸……我們會一起墜入地獄。」

阿姨幾乎每天都在重複這些話。

轉眼之間，就來到一九九五年。

阪神大地震、地鐵沙林毒氣事件……雖然持續發生了多起重大事件，但我根本無暇關心這些事，因為我滿腦子都在想著我媽和別人婚外情，以及「詛咒」的事。

然後就來到那一年的五月八日。

鄧麗君去世了……電視新聞中這麼報導。那天之後，我媽對我格外溫柔。她經常找我說話，還買衣服給我。

怎麼回事？我覺得心裡有點毛毛的……

然後，我媽就消失了。那是在鄧麗君去世的兩個星期後。

而且還留下了一封遺書。

*

「……遺書?!」

我忍不住叫了起來，電車上所有人都看了過來。

「妳說遺書——」我用好像在咬耳朵般的聲音小聲說道，「……所以妳媽要自殺？」

「對，她在遺書上說，要和婚外情的對象一起去死。」

「……所以他們打算殉情？」

「對，他們打算殉情。阿姨很快就發現了遺書，於是去找他們。阿姨似乎知道我媽在哪裡，她說我媽打算在西新宿的高層飯店裡殉情。」

「西新宿的高層飯店，該不會……就是昭和時代，曾經有一個很紅的明星跳樓自殺的那家飯店？」

「對，就是口耳相傳成為自殺勝地的那家飯店。」

「妳媽媽呢？」

「幸好阿姨機靈，所以在他們殉情之前成功阻止了他們。」

「……啊，真是太好了，所以他們並沒有成功。」

「對，在一番爭吵之後，我媽在那年年底和對方分手，那個男人回去了自己的家庭。」

「太好了……」

「我現在想到，我媽當時想要殉情，搞不好是受到了鄧麗君死亡報導的影響。」

「啊？」

「老師，您剛才不是說自殺會傳染嗎？」

「但是鄧麗君並不是自殺，她不是病死的嗎？」

「嗯，官方說法是病死，但當時不是有各種傳聞嗎？有人說是遭到暗殺，也有人說是自殺。」

「嗯，雖然至今仍然有人說她的死亡很離奇……」

「我媽一直相信『鄧麗君一定是自殺』。」

「……所以妳媽也想死嗎？想和別人殉情嗎？」

「對，而且我媽很愛太宰治，尤其喜歡他的《人間失格》和《斜陽》，重複看了好幾次。她可能原本就有自殺的念頭，而且——」

「而且什麼？」

「在殉情未遂之前，她曾經在協助我阿姨的工作時，去過西新宿的那家飯店。」

「協助妳阿姨的工作？」

「對，當時我阿姨每個月一次，會在那家飯店的房間內舉辦讀書會。」

「讀書會……」

「總之，我媽因為太宰治的關係有了自殺的念頭，再加上鄧麗君的死，和接觸到成為自殺勝地的那家飯店，她的自殺念頭可能因此迅速膨脹了。」

「原來是這樣。」

「……其實在我媽殉情未遂之後，我也好幾次都想自殺。一九九五年十月十二日，中央線接連發生自殺事件的那一天，我也很想自殺。」

「……啊？」

「現在回想起來覺得很不可思議，但那時候我們母女一定被死神纏上了。」

「死神……」

「阿姨說，原因在我媽的婚外情男人身上。對方是個沒出息的男人，當不成小說家，只能當高中老師。阿姨說，我和我媽都是因為受到那個男人的暗示所影響。」

「……暗示。」

「在我媽和那個男人分手之後，我媽和我都很神奇地不曾再有過自殺的念頭。我媽甚至就像被刪除了殉情未遂的記憶般，完全不記得那件事。」

「完全不記得？」

「對，可能是某種健忘症。」

「妳媽現在呢？」

「她去年去世了。」

「啊？是這樣嗎？……對不起，我完全不知道。」

「不，沒關係，您不必放在心上。我那時候也和她很疏離。」

「很疏離？」

「對，在我高三的時候，也就是我媽殉情未遂的隔年，我爸就把我接去和他們同住了。之後我一直和我爸他們一起生活，所以就和我媽變得很疏離。」

「所以妳之後一直和妳爸一起生活嗎？」

「對，其實應該更早就這麼做的。我爸的再婚對象人很好，妹妹和弟弟也都很乖，我終於能夠過正常的家庭生活了。我內心想要自殺的念頭也完全消失，之後一直過著充實的人生。我想詛咒應該消失了。」

「……原來是這樣。」

整件事太殘酷了。

但是，花本女士為什麼要告訴我這件事？

我仔細打量著花本女士的側臉。

花本女士也轉頭看著我，然後對我說：

「……我一直很猶豫。」

「嗯？」

「不知道該不該把這些事告訴您。」

「………？」

「老師，希望我今天說的事，可以成為您寫作的題材。」

「……啊？」

「……您最近不是為沒有題材可寫而傷腦筋嗎？」

被她說中了，我的臉頰發燙。

我最近的確有點陷入瓶頸，所以無論怎麼寫，都覺得沒什麼靈感，最後寫出來的作品也都滯銷。

這種狀態已經持續了好幾年。

照這樣下去，我會無法再靠寫小說過日子。不，搞不好我已經快混不下去了。這種不安就像小蒼蠅一樣在我周圍飛來飛去。

「所以您才會忍不住一直上網搜尋自己。」

她又說中了，我的臉頰更燙了。

「您是不是搜尋到自己的名字後，感到鬆了一口氣。」

沒錯，但是即使上網搜尋，搜尋到的內容也逐年減少。照這樣下去，會不會有朝一日，完全找不到相關的內容？這種恐懼隨時威脅著我。

「老師，您向來以實際發生的事件和現象作為創作的題材吧？或許是因為這個原因，所以作品充滿了強烈的真實感。」

花本女士露出編輯的表情說：「——但是該怎麼說，最近的作品缺乏那種真實感，我一直都很在意這件事……我不是身為編輯，而是身為老師的書迷，認為這樣下去不行。」

「…………」

「所以我絞盡了腦汁……決定和您分享我的親身體驗……只是遲遲說不出口。」

難怪她從剛才開始就很奇怪，一下子說話，又一下子陷入沉默。

但這根本是她多管閒事。

我帶著怒氣說：

「……我幾乎每天都會收到讀者的信，希望『把我的故事寫成小說』，但所有的故事都乏善可陳，也就是根本不值得一寫。當事人可能覺得自己的故事很精采，但十之八九都是隨處可見、毫不稀奇的內容，根本無法成為小說的『題材』，簡直不把小說放在眼裡。妳的故事也一樣，說到底，不就是殘害女兒的壞母親故事嗎？根本扯不上『詛咒』。殘害女兒的壞母親就是元兇，最好的證明，就是一旦離開了這樣的母親，所有的問題都解決了……類似的故事網路上多得是，如果我把這種事當成小說的題材，反而會被人笑死。」

「您說的對……如果只是殘害女兒的壞母親故事，的確俯拾皆是。」

「……啊？」

「剛才的故事還有後續。」

＊

我搬去和我爸住之後，和阿姨也漸行漸遠。只有每年寫幾封電子郵件打招呼，和互寄賀年卡而已，就只有這種程度的來往。而且都是我先寄給阿姨，阿姨再回應而已。就連賀年卡也是，如果我不寄，她就不會寄給我。

也就是說，在阿姨眼中，我已經變成這麼不重要的人。

以前她曾經那麼用心安慰我、疼愛我，比我媽還更像媽媽地照顧我。

我一直很納悶她為什麼變得這麼冷漠。

反而是我媽，每星期都會寄一封電子郵件給我。

順道一提，在我離開之後，我媽一直和阿姨一起生活。她們在國分寺買了一棟二手的獨棟房子，又在那裡再次開了咖啡廳，兩個人勉強過生活。

接著，去年冬天。

我們收到了阿姨寄來的母親訃聞。

而且是在火葬之後。

我爸和我都目瞪口呆。

雖然我們沒有生活在一起，但我們分別是我媽的前夫和親生女兒，為什麼沒有請我們參加葬禮？

至少希望可以為我媽掃墓……原本我們這麼想，沒想到阿姨對我們說：「沒有墳墓，骨灰已經撒掉了。」

我陷入了混亂，但我爸說：「唉，我果然猜對了。」似乎早就預料到這種情況。

我爸對我說：

「她從以前就這樣，她的眼中只有妳媽……只有道子一個人。」

我問我爸這句話是什麼意思。

「我和妳媽結婚時很辛苦，因為她想方設法阻撓我們。一下子說我有其他女人，一下子又說妳媽有其他喜歡的男人，試圖用謊話拆散我們。即使結了婚之後也一樣，從靜岡來這裡，故意搬到我們家附近……因為道子也很依賴妹妹，所以也同意她這麼做。

「也就是說，她們姊妹是共依存症的關係，尤其是妹妹，對姊姊有強烈的執著。

「考慮到她們的身世，我也不是不能理解這種情況。因為她們始終相依為命，所以她無法原諒任何人搶走姊姊。

「妳出生後的情況更嚴重。妳可能不記得了，但妳還是嬰兒的時候，好幾次差點死在她手上。」

我感到戰慄。

我想起來了。我媽經常把我交給阿姨照顧，但每次都會受傷。

「……妳弟弟流產的時候也一樣。她故意做了很難吃的拿坡里義大利麵，故意為難妳，然後惹道子生氣。」

……啊，那天的拿坡里義大利麵……我一直以為是我媽做的，原來並不是，是阿姨做的。

「她無論在任何事上都這樣。刺激道子的情緒，讓道子發怒，讓妳和道子吵架。我也有過好幾次類似的經驗，但我一直忍耐，以為她總有一天可以獨立，離開她姊姊……但是，那次流產時，我終於忍無可忍……因為她緊緊抱著道子的同時，卻一次又一次打她的肚子，道子就是因為這個原因才會流產……我無法原諒她，所以我對道子說，如果不離開妹妹，我們就離婚，要道子在我和妹妹之中選一個。最後，道子毫不猶豫地選擇了妹妹。」

我更加戰慄。

原來阿姨才是我們母女的「詛咒」！

「但是道子哭著說，不希望妳離開她，所以我就把妳留在道子身邊，然後離了婚。

「但是我一直很擔心。

「我一直很擔心妳。

「因為她一定會用盡各種手段拆散妳和道子……甚至可能會對妳下毒手。事實上，妳不是好幾次自殺未遂嗎？妳仔細回想一下讓妳產生自殺念頭的原因，她一定對妳說了什麼。」

聽到我爸這麼說，我想起來了。

對，沒錯，阿姨整天對我說「妳這個可憐的孩子」，然後又拐彎抹角地告訴我：「妳媽媽不愛妳，妳媽媽不要妳了」。

阿姨可能也整天對我媽說同樣的話。「姊姊，妳真可憐。」、「無論妳多麼愛那個孩子，她仍然不想要妳這個媽媽。」我媽原本情緒就不穩定，也許是因為這個原因才想殉情？那次殉情，也可能是阿姨灌輸了我媽某些想法。像是「聽說鄧麗君是自殺」，然後故意把工作安排在成為自殺勝地的飯店，告訴我媽「欸，姊姊，聽說很多人在這家飯店自殺」。

沒錯，原來阿姨才是死神！

我想起阿姨經常對我們說：

「沒事，沒事，不是有我護著妳嗎？……我會護（附）著妳，沒事。」

＊

「所以她說的護著妳……其實是指『附著妳』，『附身』的意思！」

我感覺有好幾道冰冷的東西流過我的背脊。

「對，我阿姨附身在我媽身上，還有我……但是，幸好後來我去和我爸一起生活，擺脫了阿姨的詛咒，但我媽就一直被阿姨的詛咒困住，最後送了命。」

「……」

「怎麼樣？這就不是俯拾皆是的故事了吧？」

「……嗯，也許吧。」

「太好了……請老師在寫下一部作品時，務必作為參考。」花本女士再次露出編輯的表情說，「我很期待老師的下一部作品！」

「……」

「啊，老師，差不多了。我們快到國分寺了。」

花本女士站了起來，然後從架子上拿下一件很大的行李。

「……這些行李是怎麼回事？」

「我爸叫我帶去供在我媽的佛壇前。」

「妳媽的佛壇？」

「對……我買了我媽生前愛吃的西瓜。」

「西瓜？」

「對，因為現在不是西瓜的季節，所以我找了半天才買到。」

「所以，」我戰戰兢兢地問，「等一下我們要去見的『靈媒』……」

「沒錯，就是我的阿姨。」

「……啊？」

「您放心，雖然阿姨有許多壞毛病，但她是優秀的『靈媒』。有些政治人物和藝人也是她的客人。」

「…………」

「來，老師，我們到了，趕快下車吧。」

但我遲遲無法從椅子上站起來。

頭髮

ジンモウ

1

二〇一九年十一月的某一天。

里見驚訝地大睜著眼睛。

「啊？補運？」

「……您說的補運，是那個補運嗎？就是惡靈退散……的那個嗎？」

我點了點頭。

「太意外了，沒想到老師竟然相信這種。」

「不，我並不是相信……該怎麼說，只是剛好而已。」

我好像在辯解似地說完，把炸豬排咖哩所附的一點福神菜送進嘴裡。

我們正在東京巨蛋球場附近一棟高樓內的景觀餐廳吃飯。里見約了我在這家餐廳見面，他正在我面前吃特製午間御膳中的生魚片。

里見是F出版社的編輯，是我所有責任編輯中唯一的男性編輯，三七分的頭髮，一身西裝，在衣著很隨興的這個業界，他算是很稀有的存在。乍看之下，頗有部長等級的派頭，但其實他進公司才七年，在我的眼中根本還是菜鳥。

最好的證明，就是他在很多方面都不夠用心。舉例來說，他點了特製午間御膳，比我點的炸豬排咖哩貴一千圓。責任編輯通常都點和作家相同的餐點，或是更便宜的餐點，但他的腦袋裡似乎完全沒有這種規矩。每次和我一起吃飯，他都點什麼什麼御膳，而且通常都很貴。雖然只要我也點什麼什麼御膳就解決了……但御膳通常都有生魚片，炸的食物則很少，簡直就像是點綴，我無法感到滿足。

我最愛吃油炸食物，想吃油炸食物當主食，所以我今天也點了炸豬排咖哩。照理說，責任編輯應該配合我點餐，當然他並不需要點炸豬排咖哩，可以點價格差不多，或是更便宜的餐點……我為這種事斤斤計較，是因為我心胸狹窄嗎？還是太老派？不，不是。

這是合不合得來的問題。

我不喜歡里見，不，甚至可以說討厭他。他比我小兩輪，態度卻很傲慢。在旁人眼中，應該覺得我們兩個人是不爭氣的下游承包商和客戶見面……因為我坐在下座，在服務生帶位時，很理所當然地安排我坐這個座位。但即使服務生帶錯位，編輯也應該馬上糾正，沒想到這個傢伙竟然理所當然地在上座坐了下來。

如此一來，我看起來就像是需要阿諛奉承的一方。

不，等一下，搞不好事實就是如此。小說家終究只是下游承包商，但眼前這個男人是大出版社的員工。以F出版社這種大型公司，進公司第七年的年薪應該有將近一千萬。不，搞不好超過一千萬。至於我……不不不，我也不差，平均年收入有兩千萬圓，也繳了很多稅……只不過這已經成為當年勇了，這幾年就……雖然工作仍然很忙，但因為書的銷量不好，版稅收入也持續下滑，去年的年收入終於低於一千萬圓。目前勉強住在赤坂的超高層公寓，其實每個月都為能不能付出房租提心吊膽。

我自然而然就低下了頭。

「話說回來，去補運這種事真是太好笑了！」

里見把整塊鮪魚都浸泡在醬油內，語帶侮辱地說。

「我還以為老師是更務實的人，沒想到您竟然會相信靈異現象。」

「不，我並不是相信……我剛才也說了，只是剛好而已……」

「但是，您最後不是去補運了嗎？」

「嗯，是啊，因為……我想或許可以成為寫作的題材。」

「所以最後有成為創作的題材嗎？」

「沒有，因為我中途折返了。」

「中途折返？」

「對，雖然我下了車，但實在沒有那種心情，於是就甩掉了同行者，跳上了回東京的電車。」

「這才是明智的判斷。」

「是嗎？但我覺得很對不起同行的人……覺得很尷尬，所以至今仍然沒有和她聯絡。」

「這樣也很好啊，代表您和她沒有緣分啊。」

「……也是啦。」

「搞不好對方會獅子大開口，收很貴的費用，甚至可能要您買奇怪的罈子。」

「嗯，也有這種可能啦。」

「所謂補運，就是利用別人的脆弱賺錢，和匯款詐騙沒什麼兩樣。不，搞不好比匯款詐騙更加惡劣。我向來很討厭這種事，也很討厭所謂的都市傳說。會相信那種東西，就代表自己是弱者，為了安慰努力卻無法獲得回報的自己，就去怪罪惡魔、幽靈，或是詛咒、陰謀之類的東西，完全不提其實是自己不夠努力！」

他說話未免太那個了，我忍不住火大。

「……你討厭都市傳說？」

「討厭，我覺得那種東西很蠢。」

里見像鯉魚一樣張開大嘴，轉眼之間，就把鮪魚生魚片吞了下去，又接著把鯛魚生魚片浸泡在醬油裡。

……但是，他也未免沾太多醬油了。這傢伙以後絕對會高血壓。不，搞不好現在就已經有高血壓了。

高血壓？這種事根本不重要，我還年輕，和您這種老人不一樣……里見繼續把鯛魚生魚片沾遍醬油，毀了鯛魚原本白色的肉，變成了好像燉菜的顏色，簡直就像在向我示威。

「這是我聽來的……你知道醬油的原料是什麼嗎？」我稍微壓低了聲音，好像在暴露什麼秘密。

里見一臉不屑的表情看著我。他的筷子夾著從醬油中撈起來的鯛魚生魚片，簡直就像是被淋了石油的鳥，看起來很悲慘，但里見毫不猶豫地送進嘴裡。

鯛魚也在轉眼之間被他吞下了肚，接著他把透抽生魚片放進了醬油。

「醬油的原料？您可別小看我，是不是黃豆？」

「現在的確是用黃豆。」

「現在？」

「你知道黃豆的主要成分是什麼嗎?」

「就是……蛋白質啊。」

「沒錯，進一步來說，就是胺基酸。」

「這是常識。」

「那你知道頭髮的主要成分是什麼嗎?」

「頭髮?……呃。」

「胺基酸。」

「我知道，這是常識。」

「所以頭髮也可以做醬油呢。」

「啊?」里見的筷子停了下來。

很好很好，我要看到你的臉抽搐。我比剛才更壓低聲音說：

「戰後，日本物資不足的時候很難買到黃豆，但是大家都要買醬油，最後廠商想出了苦肉計，就是使用黃豆的替代品。」

「……替代品?」

「對，聽說用了其他富含胺基酸的東西代替黃豆，作為製造醬油的原料。你猜是什麼?」

「……」里見的眼神飄忽起來，可能在思考答案。

「給你一個提示，每個人都有的東西。」

「每個人都有？……我也有嗎？」

「對，雖然每個人擁有的量不同，但每個人都有。」

「…………」里見的下眼瞼在發抖，他似乎還沒有想到答案。

「第二個提示，和醬油的顏色很像……這也是每個人的情況都不同，有色人種的話，顏色和醬油很接近。」

然後我輕輕摸了摸額頭上的劉海。

「……不會吧？」

里見也摸著腦袋。

「沒錯，你猜對了，就是頭髮。」

「…………」

果然不出所料，里見的臉抽搐起來，我想看到他更崩潰的樣子，所以繼續說道：

「沒錯，在戰爭剛結束時，醬油廠商曾經打算用頭髮作為原料，用低成本的頭髮來製造醬油。」

「……頭髮？」

里見一臉快哭出來的表情看著裝了醬油的小碟子，而且他的一根頭髮不偏不倚，剛好掉進小碟子。那根頭髮就像被醬油吞噬般，沉入小碟子底部。

里見茫然地看著小碟子。

他的樣子看起來很可憐，我立刻安慰他說：

「現在的醬油當然都是用黃豆做的，請放心。」

里見稍微放鬆了臉上的表情。

但我又立刻說：

「但我也曾經聽說過這樣的傳聞，有些便宜的醬油是用一些開發中國家的女性含淚變賣的頭髮作為原料……」

「……啊啊啊啊。」

里見的雙眼含著淚水。

哼，時下的年輕人，即使看起來很了不起，但精神都很脆弱。活該。嗯，差不多該放過他了。

「……開玩笑的，你放心，日本沒有用頭髮來製造醬油，只是戰後那段混亂的時期，曾經用以頭髮作為原料的人工胺基酸來製作醬油，現在已經沒有這種事了。只不過……」

「只不過？」

「聽說中國直到最近都還在用頭髮製作醬油。他們去理髮店蒐集大量頭髮，製作胺基酸溶液，做出了頭髮醬油，結果被媒體揭發後，引起軒然大波。雖然政府禁止頭髮醬油，不過聽說現在仍然有人偷偷在做。」

里見就像迷路的小孩，不安地眨著眼睛。

「……我昨天晚餐去中華料理店吃了餃子，沾了很多醬油……」

「沒事，沒事，日本的中華料理店一定會使用日本的醬油。」

「……是嗎？」

「啊，但如果是便宜的餐廳，搞不好就會用頭髮醬油。因為聽說那些偷偷製造的頭髮醬油至今仍然走私到國外和日本。」

「……啊啊啊。」

「但只要是像樣的餐廳就沒問題，沒事、沒事。」

「…………」

不知道是不是我的錯覺，里見看起來臉色鐵青。不，不是我的錯覺，他的臉上的確沒有血色，嘴唇都變成了紫色，而且在發抖，瞳孔也變大了。

我欺負他過頭了嗎？

「哈哈哈哈，」我笑了起來，「我在開玩笑，開玩笑，全都是開玩笑。」

但里見的表情已經不是鐵青，而是變得慘白。我慌忙補充說：

「啊，但頭髮醬油這件事是真的……只不過即使是頭髮醬油，也已經分解成胺基酸了，所以就不會有頭髮的痕跡，和黃豆一樣。」

我知道這句話完全沒有安慰到他。

里見一臉可怕的表情，瞪大了眼睛。

「啊，不過，用頭髮醬油就好像是吃人……不就是所謂的同類相食嗎？」

里見的表情徹底崩潰，然後雙手捂著嘴巴。

啊？不會吧？

慘了……不要，千萬不要在這裡嘔吐！

「里見先生，趕快去廁所，去廁——」

可惜已經來不及了。

2

也許嚇他嚇過頭了，這一點我可以反省，但也不至於嘔吐啊……而且還吐在我的炸豬排咖哩上。

我這輩子都不想再吃炸豬排咖哩了。

里見的嘔吐物噴到了我的頭髮、手臂和衣服上，我只能去附近的商務飯店洗澡，而且還買了新衣服，總共花了我兩萬五千圓。破財，荷包大失血，我可以向F出版社請款嗎？

那天我幾乎深夜才回到家裡。

「啊，不過，用頭髮醬油就好像是吃人……不就是所謂的同類相食嗎？」

我又重新泡澡，在浴缸裡想到里見說的這句話。

「所以那次也算是同類相食嗎？」

小時候，我曾經參加過別人的火葬。

年幼的我對一個人在短短一個小時後就變成了骨灰感到震驚，更震驚的是，大人還叫我吃了那些骨頭。

「來，吃吧。」

我媽說著，好像給我吃仙貝一樣把骨頭遞到我面前。

我當然拒絕了。

因為那是骨頭吧？而且還是人的骨頭！

但是打量周圍，發現周圍的人都在吃骨頭。

看著眼前的狀況，會覺得吃死人骨頭是常識，我不願意吃，才是有問題的人。

我從小就無法抵抗群體的壓力。

我從我媽手上接過骨頭，就像在吃討厭的藥一樣，閉著眼睛，一口氣吞了下去。

「怎麼樣？好吃嗎？」

雖然也有人這麼問，但怎麼可能好吃！這可是骨頭喔？而且是人的骨頭喔？

但是其他人仍然津津有味地品嘗著骨頭，簡直就像在吃零食花林糖。那個景象實在太可怕，我的記憶也到此為止。

「那可能是夢。」

長大之後，我開始這麼想。因為吃死人骨頭這種事太奇怪了。

過了很多年之後，我才知道有這種習俗，就是所謂的「咬骨」。家人和親戚一起吃焚燒遺體後留下的骨頭，雖然並不普遍，但有些地方至今仍然維持這種習俗。

既然這樣，那或許不是夢，而是現實。

總之，那不是什麼美好的記憶。我曾經吃過人的骨頭，而且還覺得味道不錯。

對了，那到底是誰的骨頭？

…………算了，忘了這件事。

正當我打算走出浴缸時，有什麼東西纏在我的左手臂上。

嗯？

原來是頭髮。又長又黑的頭髮。

那不是我的頭髮……我是短髮。

那是誰的？

我的背脊發冷。

該不會有別人在浴室？

「喔喔，我想起來了，一定是在商務飯店沖澡時，沾到了其他客人的頭髮。」

雖然這樣也有點毛毛的。

我用蓮蓬頭的水沖走了頭髮。

就在這時。

原本從排水孔流下去的水倒流了回來。

「怎麼回事？塞住了嗎？」

我想起從來沒有清理過排水孔，上次什麼時候清過排水孔？

這個嘛……

該不會搬來這裡之後，就從來沒有清理過？

我三年前搬來這裡，這三年期間，我曾經打開過排水孔的蓋子嗎？

不，我不記得曾經打開過，也一直不理會公寓管委會清掃排水管的要求。

我從來沒有打掃過……！

……不同於剛才的另一種寒意爬上背脊。

低頭一看，黑色的東西隨著排水孔溢出來的水，從蓋子下探出頭。

即使不需要確認，我也知道那是什麼。

那是頭髮，是我三年份的頭髮……！

我光著身體愣在那裡。

咕嚕嚕嚕、噗喀喀喀喀、咕嚕嚕嚕嚕、噗喀噗喀噗喀喀喀喀……

隨著一陣可怕的聲音，湧出一大團黑色的東西。

「呀啊啊啊！」

那是我從來沒有見過的大量頭髮。

「呀啊啊啊啊！」

我衝出浴室，慌忙關上了門。

低頭一看，發現頭髮好像海藻一樣纏在我的腳上。

「呀啊啊啊啊啊啊！」

一個小時後，我的心情才終於平靜下來。

最後，我抱著拚上老命的決心，決定打掃排水孔。

因為不能一直這樣丟著不管。雖然可以請業者來處理，但時間太晚了，業者應該也不會上門。最重要的是，被人看到這種狀態，看到我三年都不曾清理過排水孔也太丟臉了。

我戴上口罩和塑膠手套，拿著免洗筷，再度奔赴浴室。我心無雜念，專心想著清理那些頭髮，奮鬥了三十分鐘。因為實在太噁心了，好幾次都想放棄，但每次都重新振作，繼續低頭打掃。

打掃結束後，全身感受到難以用言語形容的成就感和清爽感。

然後，我在內心發誓。

以後要認真打掃。最好每天打掃，至少要一個星期打掃一次。

清理完之後，我又重新泡了一次澡。現在才終於喘了一口氣。

話說回來。

為什麼頭髮會這麼噁心？長在頭皮上時還好，但一旦離開頭皮，就變成可怕的東西……簡直就像帶著怨念。

真是可怕的一天。先是被別人吐了一身，荷包大失血，回到家又遇到排水孔的水倒流出來。

啊啊啊，累死我了。

正當我倒在沙發上時，胸口頓時感到不太舒服。

啊，胃好像有點刺痛。

那就來吃藥……我正在找平時吃的胃藥，電腦發出了熟悉的「噗噗噗呯」的聲音。

那是收到電子郵件的聲音。

一看時鐘，已經凌晨兩點多了。

我緊張起來。

既視感？

之前也曾經發生過相同的狀況。

那一次是淀橋書店的尾上寄電子郵件給我。

已經去世的尾上寄了電子郵件給我。

該不會又是她？

然後，又寄來那封郵件！

我是F出版社的鈴木，

感謝您一直以來的關照。

今天本公司的里見造成您極大的困擾……

真不知道該如何道歉，我為此傷透腦筋。

請務必讓我有機會當面向您道歉，

如果您時間方便，希望可以和您一起用餐。

請您指定您方便的時間和地點。

請您務必考慮。

匆忙行筆，敬請見諒。

F出版社 文學局長 鈴木通雄

「文學局長？」

我忍不住坐直了身體。

局長寫電子郵件給我，而且是歷史悠久的大出版社 F出版社的局長。

那是高高在上的大人物，除非是當紅的作家，否則根本不可能有機會見到。

雖然我當作家多年，但從來沒有面對面見過局長等級的人物。雖然在派對之類的活動時曾經看過他們，可惜既沒有和他們說過話，他們當然也沒有來找過我說話。

因為局長等級的大人物，周圍總是圍著一些大有來頭的大作家，都是那些得了好幾個勳章，擔任權威文學獎評審的日本文學權威。

和那些人相比，我根本是小角色。

……現在不是謙虛的時候，我必須、必須回信。

3

我目前正在一家歷史悠久的高級飯店內的義大利餐廳。

雖然選了……義大利料理的是我。

起初我寫了「這段時間都有空，任何地點我都可以去，由您決定就好」，但準備把電子郵件傳出去時，臨時改變了主意。這會不會反而造成對方的困擾？是不是縮小範圍，更有助於對方決定？

於是我又重新寫了回信。「這個星期三、四、五白天我都有空，並沒有特別指定的地點，但我喜歡義大利料理」，然後才按下傳送鍵。

但也不需要來這麼高級的餐廳……我上網查了一下，發現是米其林三星級餐廳，最便宜的午餐套餐也要一萬五千圓……

沒想到坐在我對面的男人毫不猶豫地挑選了三萬圓的套餐。

不用說，這個男人當然就是鈴木局長。他不僅是局長，而且還有常務董事的頭銜。總之，他就是位大人物。不知道像他這種層級的人，年薪有多少……我打量著他剛才遞給我的名片，腦袋裡想著這種俗氣的事。

坐在鈴木局長身旁的是一名女編輯。

年輕女生一頭黑髮挽了起來，戴著黑框眼鏡，全身統一是黑色或灰色。

沒錯，她就是「黑田佳子」。

為什麼？黑田不是淀橋書店的編輯嗎？但她剛才遞給我的名片上清楚寫著「F出版社 文學局 第一文學編輯」。

我歪著頭納悶，吃著開胃菜塔塔醬魚白。

「我上個月離開淀橋書店，轉職進入了F出版社。」

黑田女士說。

「轉職？」

「對……因為某些因素。」

該不會是因為淀橋書店快倒閉了？這就是所謂的樹倒猢猻散？

比起這種事，我更在意為什麼里見沒有出現。今天不是為了里見之前闖的禍向我道歉嗎？

「我將接替里見的工作，成為老師的責任編輯。」黑田挺直身體，深深向我鞠躬說道。

「接替里見的工作？那里見呢？」

「嗯……」

黑田吞吞吐吐。

「他住院了。」

「……住院？」

鈴木局長立刻插嘴說。

「對。」

「他生了什麼病嗎？」

「不，呃，那個……」

鈴木局長就像昭和時代的政治人物般含糊其詞地笑著說：

「他應該是工作太辛苦，就是所謂的過勞。只要休息一陣子，應該就可以恢復，哈、哈、哈、哈。」

配上不自然的笑容。

……短暫的沉默。

其實我從剛才就不知道視線該看哪裡，所以心神不寧。因為我的視線都會忍不住看向鈴木局長的頭部，即使一再移開視線，又會在不知不覺中看過去。

黑田也一樣，她很刻意不看鈴木局長。因為她坐在局長身旁，所以並沒有問題，但我坐在局長正前方，不可能不看他。

「啊，這個魚白做得太好吃了。」

即使我轉移話題，視線還是回到局長的頭上。

因為他的腦袋上頂了一個一眼就可以看出的假髮。

既然領高薪，應該可以去訂製一個像樣的假髮，甚至植髮也沒問題，為什麼要戴這種不管是誰，都可以看出是假髮的假髮？

那根本就是一頂貝雷帽了。

而且是尺寸不合的貝雷帽，假髮的邊緣幾乎遮住了額頭，逼到眉毛上方，好像隨時會滑下來。

就在這時。

「頭髮……」

局長突然這麼說，我拿在手上的湯匙差一點掉下來。

「頭、頭、頭、頭……頭髮？」我連說話的聲音都變了。

「對，里見在住院時一直說，頭髮很可怕。」

「頭髮很可怕？」

「他說頭髮很可怕，不知道是怎麼回事。」

「啊啊啊，也許是我的錯。」

我把塔塔醬魚白吞了下去，好像在坦承自己做的壞事般說：

「……我告訴他頭髮醬油的事。」

「頭髮醬油？」

提出疑問的是黑田，「是指人的頭髮做成的醬油嗎？」

「對，我告訴他，在某個國家，會蒐集人的頭髮做成胺基酸溶液製造醬油，結果里見就——」

「豈有此理！」

鈴木局長輕輕拍著桌子。

我立刻緊張起來。正用湯匙舀起塔塔醬白子的黑田也愣住了。

「把寶貴的頭髮用在這種地方會被天打雷劈。」

局長輕輕拍著桌子，然後又說：

「頭髮和神明的發音相同，都念作『kami』，你們知道為什麼嗎？」

「……為什麼？」

「因為人們相信，頭髮和神明一樣重要，同時具有神秘的力量。」

「……呃。」

「比方說，『橋』、吃飯時用的『筷子』，還有代表事物兩頭的『端』，都發『hashi』的音，這是因為在古代，這三個詞意思相同。」

「…………？」

「橋就是連結這一端和那一端的工具，筷子是連結食物和嘴巴的工具，所以古代人認為，連結兩件事物的東西就是『hashi』。」

「……原來是這樣。」

「所以我認為同音詞並不是偶然同音，而是原本就具有相同的意思，才會有相同的發音。像是『蜘蛛』（kumo）和『雲』（kumo）也一樣，古代人看到蜘蛛網就想到雲，所以才會讓這兩個字有相同的發音。」

「……原來是這樣。」

「所以頭髮也是神明，怎麼可以拿來做醬油的材料？」

局長又拍了一下桌子。這次有點用力，剛好經過的侍者瞥了他一眼。

「……只不過這些都是我的個人意見。」

搞什麼，原來是這樣。我原本還以為是哪一個偉人研究出來的理論。

「但也許頭髮和神明真的有相同的意思。」

黑田用麵包沾著橄欖油說道。

「因為總覺得頭髮好像凝聚了意念……感覺有點可怕。尤其是掉下來的頭髮不是很噁心，又很可怕嗎？」

黑田說完之後，露出了失言的表情，偷瞄了鈴木局長一眼。她的視線果然看向局長的假髮。

但鈴木局長似乎沒有察覺她的視線。

「對啊，我覺得頭髮擁有某些特別的力量。」

鈴木局長又開始大談特談他對頭髮的看法，我和黑田提心吊膽地聽著他談論有關頭髮的種種。

「對了對了，不是有針插包嗎？你們知道裡面塞的是什麼嗎？」鈴木局長喝著第三杯葡萄酒，心情愉悅地問我們。

「……針插包？」

針插包就是把針和待針插在上面，看起來像小枕頭的那個東西？裡面塞了什麼？

「……應該是棉花吧？」

「叭！答錯了！」

局長就像諧星一樣，誇張地舉起雙手打叉，然後一臉得意地說：

「是頭髮，裡面塞的是頭髮！」

「啊？」「啊？」我和黑田同時發出驚訝的聲音。

局長看到我們的反應，顯得更加興奮。

「我的祖母都會把掉下來的頭髮撿起來，然後拿來做針插包。附近的阿姨還把她夭折女兒的頭髮放在針插包裡。並不是只有我老家那裡才會這樣，日本自古以來，就是用頭髮來做針插包。我覺得現在應該仍然有很多用頭髮做的針插包。」

「……為什麼要用頭髮？」黑田戰戰兢兢地問。

「我聽說是有助於防止針生鏽，頭髮上不是有油嗎？頭油可以防鏽，而且可以讓針變得更滑順，這在做針線活時很重要。你們有沒有看過別人在做針線活時，把針放在頭髮上摩擦？」

「啊，在看歷史劇的時候好像常看到。」

「對吧？」

鈴木局長喝著葡萄酒。這已經是第四杯了。

雖然他是大企業的高階主管，但大白天喝這麼多酒沒問題嗎？不管怎麼說，我也算是作家，竟然在作家面前這樣狂喝。

沒想到。

「喔，有道理，我懂了。難怪我鄉下奶奶的針線盒裡總是有很多頭髮，我一直搞不懂是怎麼回事。」

就連黑田也不服輸地喝著葡萄酒，然後找來侍者，點了第二杯酒。

「沒錯，那絕對就是針插包裡的頭髮，可能因為什麼原因跑了出來。」局長也點了第五杯葡萄酒。

他們是怎麼回事？在不會喝酒的作家面前一杯接著一杯喝葡萄酒，而且兩個人熱烈討論著針插包的事。

該不會是故意排擠我？今天約我出來吃飯，也許並不是為了向我道歉，而是向我抗議，指責我竟然用頭髮醬油這種事嚇唬他們的員工，導致他精神出了問題，必須住院治療，要我負起責任。然後說這是如假包換的職權騷擾，要把我告上法庭……之類的？

如果是這樣，那我也要應戰。

被區區頭髮醬油就嚇得魂不附體的人，根本不適合當編輯。因為我都寫那種分屍後剁成肉醬，再丟進馬桶沖掉之類的小說。我反而想要向他們抗議，你們公司對員工的教育太馬虎了！難道沒有教員工，要讓作家坐上座，自己坐下座這種常識嗎！

「……啊，不好意思，我去廁所一下。」

第五杯葡萄酒送上來之前，鈴木局長搖搖晃晃站了起來。

然後臉色蒼白，逃也似地離開了。

我就說嘛，誰教您喝這麼多酒……

餐桌旁只剩下黑田和我兩個人。

桌上是第四道菜的羅馬風味燉春雞。

我在尷尬的氣氛中拿起刀子切春雞。

黑田也和我一樣，拿起了刀叉。

……對，我從剛才就發現了，黑田和去廁所的鈴木局長都一直沒有看我。雖然不時瞥向我的方向，但都立刻移開視線。

我想起之前里見也一樣，他的視線也始終很不自然地飄來飄去。

怎麼回事？我臉上有什麼東西嗎？

啊，該不會是因為我變胖的關係？

是啊，我的體重最近直線上升。雖然我已經很注意了，但因為職業的關係，很少有機會活動身體，而且飲食也很不營養，有時候半夜會突然吃冰淇淋。吃冰淇淋還算好，昨天甚至吃了奶油麵包、菠蘿麵包和肉桂捲。

今天難得穿的長褲也勒得很緊，釦子完全扣不起來，但又沒有時間換其他衣服。無奈之下，只好不扣釦子就出了家門。現在也一樣，我長褲的褲腰根本沒扣釦子，只是因為被襯衫遮住了，所以看不出來。

即使腰圍可以遮住，臉卻遮不住。搭電梯來餐廳時，不小心看到電梯牆上的鏡子，發現自己恐怖的雙下巴，臉頰也垂了下來，簡直就像鬥牛犬。

一年前還沒有這樣，那時候我的身材更結實，這件褲子也可以輕鬆穿上。甚至因為腰圍太大，必須繫皮帶才行。沒想到這一年來，好像受到詛咒一樣，不停地發胖，而且詛咒至今仍然持續。

「我是不是胖了？」

因為氣氛太尷尬，我自虐地問。「一旦過了五十歲，體重就會失控，即使只是吸空氣也會照胖不誤……不知道是不是受到了詛咒？」

「……詛咒？」

我只是開玩笑，沒想到黑田露出緊張的表情。她的表情就和那天的里見一樣。

「沒有啦，沒有啦，不好意思，我只是開玩笑、開玩笑。」

也許現在的年輕人聽了我的笑話會很不舒服，臉頰也會忍不住抽搐。難道這就是所謂的代溝嗎？……太傷心了。

唉。我縮著肩膀。

「……老師，我想冒昧請教一件事——」

黑田仍然不敢看我，但探出身體對我說話。

「您認識的人之中，有沒有長頭髮的人？一頭像海藻一樣彎曲的黑色中分長髮。」

啊？她突然問什麼？我目瞪口呆看著她。

「啊，沒事沒事，不好意思。」

黑田說完這句話，就沒有再開口說話。

我和黑田之間陷入了難以形容的沉悶氣氛。

真希望鈴木局長趕快回來。

但鈴木局長始終沒有回來。

當第五道龍蝦義大利寬麵送上來時，黑田的手機響了。

「啊，老師，不好意思……鈴木身體不舒服，先回公司了。」

黑田終於又開口說話了。

「啊？」

我也忍不住張大了嘴巴。

「回公司？他就這樣回公司了？」

「對，我剛才收到他寄來的電子郵件。」

「請問……我是不是闖了什麼禍？」

「啊？」

「因為局長看起來明顯很奇怪，而且也不敢看我。」

「…………」

「我果然得罪他了嗎？」

「啊？」

「雖然我很小心，但視線忍不住看向局長的頭部……也許他是因為這件事不高興。」

「不，那沒有問題，局長對自己的假髮有絕對的自信，他似乎覺得別人絕對看不出來。」

「喔……既然這樣，他為什麼在聚餐中途回公司了呢？」

「………」

黑田突然看向我的身後，然後立刻移開了視線。

欸？身後？我身後有什麼嗎？我回頭一看，只看到牆壁。

「……老師，尾上還有寄電子郵件給您嗎？」

黑田改變了話題。

尾上之前是淀橋書店的編輯，今年五月去世了。尾上死後，我一直收到看起來像是她寄來的電子郵件。我問了淀橋書店的人，他們說是因為公司的伺服器出了問題，導致收發信時產生了時差，所以我才會在尾上死後，收到她生前寄的電子郵件。

「啊，這一陣子好像都沒有收到。」

「是嗎？那真是太好了。」

「但是那些電子郵件真是太不可思議了……尾上小姐經歷了瀕死經驗，當時有三個人來迎接她，她認識其中兩個人，卻完全不知道第三個人是誰。但是——」

「我知道了……正確地說，是我想起來了！我想起第三個女人是誰了！我想起她驚人的身分了！」

黑田就像是能夠讓死人附身在自己身上的潮來巫女一樣，正確說出了電子郵件的內容。

「其實我也收到了，我也收到了尾上的電子郵件。」

「啊？妳怎麼知道？」

「啊？」

「您知道尾上為什麼會姓『尾上』嗎？」

「不知道……為什麼？」

「這是尾上之前親口告訴我的，他們家世世代代都是巫覡（ogami），所以用了發音相同的尾上這個姓氏。」

「巫覡就是像靈媒一樣的人嗎？」

「對，尾上討厭那種家業，所以就離開了家，但她也有那種能力。」

「那種能力？」

「就是靈媒的能力。雖然她自己否認，但我認為她有那種能力。因為她不經意說的話都很準。比方說，有一次她問我：『黑田，妳有養狗嗎？那隻狗死了嗎？』

我聽了之後大吃一驚，因為我老家養了狗，但我從來沒有告訴過她這件事，而且那隻狗也活得好好的。我很擔心，打電話回家一問，得知那隻狗在那天早上被車子撞死了……」

「咦……」

「這種事發生了不止一次，所以收到尾上的電子郵件後，我感到很害怕，就辭掉了淀橋書店的工作。在大學學長的介紹下，進了F出版社……啊。」

黑田說到這裡，慌忙低下了頭。我探頭看她的臉，發現她臉色鐵青，和之前的里見一樣，然後她發出嘔吐般的聲音問：

「……老師，您真的不認識嗎？您真的不認識有一頭像海藻一樣彎曲的黑色中分長髮的人嗎？」

「……我不認識，但妳為什麼要問我這個問題？」

「因為那個人從剛才就一直在這裡……在您的左肩上，有一個像海藻一樣彎曲的黑色中分長髮的人頭。是黏著一些腐爛肉片的骷髏頭……！」

4

到底是怎麼回事?真是福無雙至,禍不單行。

今天又被吐了滿身,只好去飯店洗澡。這次是高級飯店,我只是去沖一個澡,就付了兩萬圓。而且我又買了衣服,總共花了五萬三千圓。

再加上上次的兩萬五千圓,總共花了七萬八千圓!

我一定要向F出版社請款!

絕對要請款!

當我腹部用力時,有什麼東西彈了出去。那是我剛才在飯店的商店買的深藍色棉質長褲,我買了最便宜的長褲,但也要兩萬圓。腰上的釦子竟然這麼快就掉了。

太離譜了!

沒辦法,只能自己縫釦子……我記得搬出來一個人住後不久,我媽曾經送我一個針線包。雖然我收了下來,但沒有機會使用,就一直丟著。那已經是三十多年前的事了,我應該放在哪裡,三年前搬家時,我記得曾經看過。

找了三十分鐘,終於在儲藏室深處找到了。一看就是很有昭和味道的懷舊針線包。

打開蓋子，聞到了懷念的味道。啊，對了，這是我媽頭髮的味道。

頭髮的味道？

突然。

「對了對了，不是有針插包嗎？你們知道裡面塞的是什麼嗎？」

我想起鈴木局長的聲音。

「是頭髮，裡面塞的是頭髮！」

針插包裡塞的是頭髮？

怎麼可能？

但是。

我在用縐綢做的針插包角落看到了像是黑線的東西。

「怎麼可能？那是線，是線，是黑色的線。」

但無論怎麼看，都像是從針插包裡鑽出來的。

我試著拉了一下，一下子就拉出來了，而且前端還有髮根。

「頭髮？」

照理說我應該感到害怕，但當時我很想確認裡面究竟裝了什麼。裡面真的塞了頭髮嗎？

我把針線包內用來剪線的剪刀前端刺進針插包。
從剪開的裂縫中露出了一團黑色的東西。
是頭髮。
因為太噁心了，我慌忙把針線包的蓋子蓋了起來。
這時，我發現蓋子角落用麥克筆寫了淡淡的名字。

金澤克子。

金澤克子？
啊，該不會是我的阿姨？
不會吧，這個針線包是阿姨的？
我好奇地再次打開了針線包。
在四散的頭髮中，找到一張小便條紙。
上面是我媽寫的字。

這個針線包是你最喜歡的克子阿姨留下的遺物。你還記得嗎？你很愛克子阿姨，甚至還吃了她的骨頭。克子阿姨也很疼愛你，所以這個針線包留給你用。啊，對了對了，我用克子阿姨的頭髮做了針插包，所以你要好好使用。

看完便條紙上的內容，記憶就像洶湧的波濤般在腦海中湧現。

同時還想起了黑田的問題。

「……老師，您真的不認識嗎？您真的不認識有一頭像海藻一樣彎曲的黑色中分長髮的人嗎？」

我認識！

就是克子阿姨！

緣分

エニシ

1

在此先聲明。

本作品是將我自己的體驗，以及所見所聞的各種「不可思議」寫成的小說。

作品中出現的人物姓名和公司名稱基本上都是化名或是縮寫，而且也略作修改。當然為了保護隱私，我也略微修改了自己的情況。為了避免讀者找到相關的人、相關的地方，所以有些地名和專有名詞也都使用了虛構的名字。

「是不是那個地方？」

「是不是他？」

「書裡提到的公司是不是——」

讀者要如何猜測當然是個人自由，但希望各位適可而止。因為即使真的找到了，也不會有任何好事發生。相反地，只會帶來後悔。

前言就到此為止。

接下來就是小說《不可思議》裡的故事。

最後一個是關於「緣分」的故事。

……寫到這裡，我突然想起一件事。
對了，我今天要去國分寺。
已經這麼晚了。
我慌忙從椅子上站了起來。

2

金澤克子。
對那個人，我抱持親近感和畏懼。
「克子阿姨」。
我都這麼叫她。
克子阿姨是我媽的姊姊，也就是我的阿姨。我記得她比我媽大八歲。
「那個阿姨有一頭像海藻一樣彎曲的黑色中分長髮嗎？」
「靈媒」問我。

……不知道各位是否還記得。

她就是《不可思議》這部小說第五篇〈中央線〉出現的，A出版社的責任編輯……花本女士的阿姨，住在國分寺的那個「靈媒」。

雖然我一度逃走，但最後還是去找她了。

為我牽線的花本女士今天並沒有來，我向她打聽地址後，獨自找到這裡。

這是一棟普通的房子。說到「靈媒」，我就擅自想像這裡的氣氛會充滿靈性……比方說，線香飄出裊裊輕煙，到處放著能量石，還有許多曼陀羅圖案的掛氈作為裝飾……但這裡完全沒有這種氣氛。

這棟房子的屋齡的確很老舊。

聽花本女士說，之前曾經在這裡開過咖啡廳，但現在完全看不出來。不知道是不是最近這幾年曾經重新裝潢過，牆壁和地板都很新，格局也很新穎，完全沒有任何富有個性或是奇特的地方。

而且她的名字也很不像「靈媒」。

我再次打量著放在桌上的名片。

佐藤百合子。

我原本想像她會叫姊小路紫苑，或是涅槃安娜塔西亞之類的名字，沒想到完全猜錯了。姊小路紫苑和涅槃安娜塔西亞是我小說中的占卜師。責任編輯都大肆稱讚，說我取了超有感覺的名字。

對，超有感覺的名字很重要。像是相撲選手就要取什麼什麼山，或是什麼什麼龍之類的名字。既然是「靈媒」，就要取獨一無二，甚至有點自我感覺太良好，任何人都無法模仿的名字，這是原則。

沒想到名片上的名字是「佐藤百合子」。

這個名字也太普通了。

如果在網路上搜尋，應該可以搜到一籮筐同名同姓的人。

她的外貌也，超普通。

雖然如果問我是以什麼標準說她普通……我也答不上來，但反正就是很普通。

她穿了一件直條紋開襟襯衫和深藍色長褲，一頭短髮燙得微鬈……啊，對了，她和東京都知事K有點神似。一旦這麼想，就發現她越看越像K……而且她也叫「百合子」。

「那個阿姨有一頭像海藻一樣彎曲的黑色中分長髮嗎？」

百合子又問了一次，她的視線看向我的左側。

……在我的左側嗎？

克子阿姨在我的左側？

我的左手慢慢滲出了汗水。

「對，沒錯。」我費力地擠出聲音說，「阿姨為她那頭長髮感到很自傲。」

「這……樣啊。」

百合子的瞳孔頓時縮小，但又很快睜大了眼睛，簡直就像是看到獵物的貓。我的手已經被汗水濕透了。

「請問，」我下定決心開了口，「她在嗎？克子阿姨……阿姨在我的身後嗎？」

「嗯……」

「請妳不要吊我的胃口。」

「嗯……」百合子的眼神飄忽著，似乎沒什麼把握，「其實我也不是很確定。」

「啊？」

「您的身後的確有人。」

百合子說完，緩緩舉起右手，指向我的左肩。

「對……就在那裡！」

聽到她這麼說，我全身都僵住了。

汗水就像在杯子表面的結露，不停地冒出來。

但是。

百合子輕輕放下右手，微微歪著頭說：

「但是……有點不太對勁。」

「哪裡不對勁？」

我的聲音幾乎在發抖，兩條腿也顫抖不已，汗水從手心滴落。

「我再向您確認一次，您的阿姨已經不在人世了，對嗎？」

「對，我剛才就已經說了。」

沒錯，我一踏進這個家門，還來不及好好喝幾口她端上來的茶，就像連珠砲似地把事情的原委都一五一十告訴了她，然後她拚命做著筆記。

啊，等一下，這該不會就是別人所說的「熱讀」招數？沒錯，就是自稱超能力者和占卜師慣用的手法，利用事先掌握的情況，表現出好像是憑自己的能力說中了那些事。

果真如此的話，我真是太大意了。因為我剛才滔滔不絕地主動說明了情況。啊啊，原來如此。這或許也是她的伎倆之一，先讓對方放鬆警惕，然後主動說出自己的情況。

原來如此，原來如此。

這種舒服自在的氣氛，搞不好也是她的伎倆。如果是很像「靈媒」的家，就會令人產生警戒，但這裡感覺和普通的家庭沒什麼兩樣，簡直就像回到了老家……對，沒錯，完全就是回到老家的感覺。一打開玄關的門，渾身的緊張就放鬆了，產生了懷念的感覺。

……也許是鞋櫃上的那隻熊的擺設發揮了效果。沒錯，就是北海道的最佳伴手禮，咬著鮭魚的木雕熊。我記得克子阿姨家也有一個。

當時的景象清晰地在我腦海中浮現。

……衣櫃上有一個玻璃罩，以木雕熊為中心，還有迷你版的東京鐵塔、木芥子木雕人偶、張子虎玩具、博多人偶……狹小的空間內放了許多擺設，簡直就像是全國特產展覽會。

我很喜歡看那些擺設。

每次去克子阿姨家，都會走去玻璃罩前打量很久。

我特別喜歡穿著粉紅色禮服的法國娃娃。

禮服上有許多褶邊和蕾絲，還有螺旋捲髮型。

「想要這個嗎？」

每次我在打量時，克子阿姨都會這麼問我。「如果想要，就送給你。」

但是我從來沒有點頭說：「對，我想要。」

因為這個法國娃娃是克子阿姨女兒的遺物，也就是我的表姊。我從來沒見過她，因為她在我出生之前就死了。聽說在我出生的七年之前，她七歲的時候就夭折了。

那個表姊叫「真紀」。

那個法國人偶也叫「真紀」。也就是說，對克子阿姨來說，那個娃娃就像是她的女兒，收下這種娃娃太可怕了。

「不必客氣，真紀也說想要離開這個家。」

有一次，克子阿姨很堅持要送我。

「所以你就收下吧，就收下真紀。」

我堅持不點頭。

「你為什麼不想要真紀？為什麼？真紀這麼可愛，你為什麼不想要？」

因為克子阿姨實在太煩了，我忍不住說：「我討厭真紀。」

我終於說了這句話，結果就飛過來一巴掌。

我忍不住摸著左側臉頰。

「怎麼了？」

百合子仍然注視著我的左肩問道。

「不……沒事。」

我輕輕移開摸著左側臉頰的手。

「該不會克子阿姨曾經賞過您一巴掌？」

「啊？」

為什麼？她為什麼知道這件事？我完全沒有提這件事。而且，百合子又突然說了一個名字。

「真紀……」

我全身起了雞皮疙瘩。

「您果然知道『真紀』這個名字嗎？」

「……」

我無言以對。為什麼？為什麼？

「好了，因為這件事很重要，所以我要再向您確認一次。」

百合子戴上銀框眼鏡後，靜靜地低頭看著記事本。

記事本上密密麻麻寫著我剛才告訴她的事。

百合子緩緩拿起筆，在記事本上寫了「真紀」的名字。

然後，她的視線再度看向我的左肩。

「您的阿姨已經不在人世了，對嗎？」

「對……呃，」我終於能夠擠出聲音，「……她在我小時候就已經去世了。」

「您確定嗎？」

「對，我確定，因為我清楚記得喪禮的情況，而且還把她的骨頭……」

「骨頭？」

「不……沒事。」

「我再問一次，您阿姨已經去世這件事千真萬確，對嗎？」

「對。」

「我瞭解了。」

百合子再次低頭看著記事本，然後對我說：

「既然這樣，您左肩上的就不是您的阿姨。」

「啊？」

當人面對極限狀態時，會忍不住笑出來。不知道為什麼，我突然覺得很好笑。

而且真的發出了「哈哈哈」的笑聲。

百合子板起了臉，就像是老師看到不懂得察言觀色的學生時露出的無奈表情。

我勉強克制了笑聲，用力呼吸，然後小心謹慎地問：

「……妳說不是我阿姨……請問是怎麼回事？」

「因為您左肩上的人……並沒有死。」

「啊？」

我又差點笑出來，於是咬著嘴唇。

「也就是說，您左肩上的是……生靈。」

「生靈……?!」

「對，您知道什麼是生靈嗎？」

「知道，我當然知道。就是活著的人的靈魂，對不對？」

「沒錯。」

「……請問是怎麼回事？」

「那我就直截了當告訴您，附身在您身上的，並不是死去的人。」

「……所以我說，這是怎麼回事？」

「有兩種可能性，第一，就是您阿姨還活著——」

「不，這不可能。」

「那就不是您的阿姨，而是其他人的生靈。」

「其他人……？」

這次我笑不出來了，但長長地嘆了一口氣。

因為我的左肩變得格外沉重。

左肩上的重力似乎失控，變得很沉重。

「啊啊，那個生靈越來越大了。」

「越來越大？」

「您會不會覺得左肩很重？」

「對，很重……非常重……」

「請您不要動。」

「啊？」

「您不要說話。」

百合子說完，站了起來，像忍者一樣雙手結印，然後房間內響起高亢的叫聲。

「嗄！」

接著，她又對著我的左肩念了一大堆好像在念經的咒文，反正就是聽不懂的話。

此刻的她，完全就是「靈媒」的樣子，不知道她是不是在說：「惡靈退散！」

總之，我只能閉上嘴巴，一動也不動地坐在那裡。

因為我的肩膀很沉重，根本動不了，簡直就像扛了好幾十公斤的東西。

「嗄！」

我覺得她每叫一聲，我的肩膀就越來越重。

「嗄！」

啊啊，我快昏過去了。

「嗄！」

可不可以快一點結束。

「嗄！」

趕快……

3

「嗄！」

百合子的叫聲仍然在耳邊繚繞。

我已經回到自己家裡。

走進家門後，我已經在玄關蹲了十五分鐘。

我的意識分成了兩半，好像有另一個我緊緊綁住我的身體。

總之，我全身都很沉重。

起初只是左肩很沉重，但現在好像全身被綁了鉛塊，以驚人的速度沉落在無底的海中。

沒錯，我一直有這種好像溺水的感覺。

我喘不過氣。雖然好不容易回到家裡，但已經沒有力氣再做任何事。

百合子剛才對我說：

「我為您趕走了生靈。」

但又補充說：

「但是您不能大意，因為生靈隨時會再次找上您。如果沒有解決根本的問題，生靈就會一直、一直跟著您。」

根本的問題……

「就是要知道生靈的真實身分，在瞭解敵人是誰之前，根本無法採取對策。」的確有道理。

「您有沒有頭緒？」

我完全沒有頭緒。

「您知道這個一頭像海藻一樣彎曲的黑色中分長髮的人是誰嗎？」

我說了，就是克子阿姨……

「但她不是已經離開人世了嗎？」

對，千真萬確，她已經死了——真的嗎？

我漸漸失去了自信。

我的確參加了她的喪禮，也被迫吃了她的骨頭……但那真的是克子阿姨嗎？

我舉起像鐵棒般沉重的手臂，在皮包裡翻找著。

平時一下子就可以找到手機，但今天翻了半天都沒找到。

……啊？該不會沒帶回來？

真的假的……

就在這時，聽到了來電鈴聲。

低頭一看，上衣口袋裡閃爍著亮光。

「咦？」

「啊，對了，我放在口袋裡了。」

手臂很沉重，只是把手機從口袋裡拿出來，就已經滿身大汗。

……嗯？是我媽？

手機螢幕上顯示了我媽的名字。

我把手機放在耳邊。

「啊，你最近還好嗎？」

我媽的聲音突然傳進耳裡。

我的眼淚差一點奪眶而出。我差不多有三個月沒有和我媽通電話了。

不知道為什麼，聽到我媽的聲音，身體稍微恢復了力氣。

我搖搖晃晃站起來，首先脫下了鞋子。

「嗯，還不錯。」

雖然是彌天大謊，但即使對我媽說實話，也解決不了任何問題。

而且我真的慢慢好起來了。我把手機放在耳邊，走進了房間，然後逐一打開房間的燈，同時問我媽：

「媽媽，妳呢？最近還好嗎？」

「嗯，我很好。」

「所以有事嗎？找我有什麼事嗎？」

「我很擔心你啊，因為最近不是在流行奇怪的感冒嗎？」

「……奇怪的感冒？」

「對……你應該記得開西餐廳的山本吧？」

「嗯，我記得，他是我小學同學。」

「山本的爺爺感冒死了。」

「山本的爺爺應該快一百歲了吧，可能只是年紀到了。」

「雖然你這麼說也沒錯，但他之前很健康，上個週末突然發燒，然後說『身體很重……好像沉入海裡……』之後就昏過去，後來就死了。」

身體很重？沉入海裡？那不就和我現在一樣。

雖然聽到我媽的聲音，體力稍微恢復，但並沒有完全復元。我沒有脫上衣，就倒在沙發上。

「原來山本的爺爺死了……哇，那個色老頭死了。」

沒錯，我記得有一次我們好幾個同學去山本家寫功課，他的爺爺全身一絲不掛地走進來。他還曾經在我們小孩子面前模仿脫衣舞孃，甚至曾經把小學女生的裙子掀起來。如果是現在，絕對算是性騷擾……不，這已經是色狼行為了。

總之，那是一個奇怪的老頭，我不喜歡他。

所以即使聽到他死了，我也沒有太多感想。正確地說，我的感情好像被包了一層膜，有點分不清楚喜怒哀樂。

「啊哈哈哈哈哈哈哈。」

也許是因為這個原因，我突然笑了起來。

「怎麼了？」

「……不，沒事。」

接著，我的眼淚流了出來，然後又開始打噴嚏。簡直亂成了一團。

「而且不是只有山本的爺爺而已，我之前常去看的整骨院的整骨師，也覺得『身體很重』，結果就去醫院看病——」

「……身體很重？」

「對，就和山本的爺爺一樣，覺得身體很重……好像全身被綁了鉛塊……」

「那個人後來怎麼樣了？」

「死了，就是上個星期的事。」

「死了……」

我全身顫抖，簡直像泡在冰水中。我媽繼續說話。

「還有很多人因為相似的症狀去醫院看病，不光是我們這一帶而已，我看談話性節目說，目前正在流行奇怪的感冒。」

「……奇怪的感冒。」

「你還好嗎？你的聲音聽起來很奇怪。」

「嗯……我沒問題。」

雖然我這麼回答，但其實問題很嚴重。剛才稍微恢復的體力，又突然迅速消失，光是拿著手機，就耗盡了全身的力氣。

我的手已經失去了感覺，手機慢慢滑離我的手。幸好掉在腿上，我用盡全身的力氣，按了「擴音」鍵。

「你真的沒問題嗎？」

我媽的聲音在房間內迴響。

「……嗯，沒問題。」

我在說謊。光是說話，就產生了好像世界末日般的疲累。

「……以前也曾經流行過這種奇怪的感冒。」

但是我媽沒完沒了地繼續說話。

「……那是在你出生之前的事，稱為亞洲感冒……很多人都死了，在世界各地大流行，真紀也被傳染了這種感冒──」

真紀？克子阿姨的女兒？我的表姊真紀嗎？

「那一次真的很可憐……他們全家一起去溫泉旅行，之後真紀就一直發燒……可能是在旅行時遭到了感染，但只有真紀出現症狀……那一次真的很可憐。」

怎麼回事？

「……在他們住的地方，真紀是最初出現症狀的人，所以周圍的人都和他們保持距離……嗯，用以前的話來說，就是發生了所謂『村八分』的狀況，他們全家都被排擠了。」

……村八分，全家遭到排擠。

「你應該也記得克子姊他們全家住的地方吧？」

我當然記得。克子阿姨家住在從老家搭電車三十分鐘的地方，如今開發成為新的住宅區，取了一個很時尚的名字，但當時還是農村。說得好聽點，可以說是充滿田園氣息，但傳統的舊習和人際關係根深柢固，是很封閉的農村。

「沒錯，村莊裡所有人都是親戚，根本沒有任何隱私可言。私人的信，鄰居也都會打開來看……這種事根本習以為常，所以我當時很反對姊姊嫁去那種地方，但是克子姊已經懷了真紀，她說不能讓孩子沒有爸爸，於是不顧眾人的反對，堅持嫁了過去。嫁過去之後，也吃了不少苦。因為不僅有公公、婆婆，還有小姑……」

公公、婆婆？還有小姑？是嗎？我完全沒有記憶。

「你出生的時候，克子姊一家已經搬去村莊角落新蓋的集合住宅……因為曾經發生那種事，所以也無可奈何。」

那種事？

「就是真紀的事。真紀感染了亞洲感冒，遭到了村民嚴重的迫害，甚至有人當面叫他們滾出去。」

所以他們全家搬去了集合住宅……

「對，但村民並沒有停止攻擊他們，拐彎抹角地用各種方式欺負他們。即使真紀身體好了之後，回到學校上課，同學也都無視她。不光是學生，就連老師也都不理她……真是太可憐了，她以前在學校很受歡迎，還是班長，卻因為得了感冒變成那樣。就連克子姊也變得有點奇怪，得了現在所說的憂鬱症，只好去住院了，所以真紀就……」

死了？

「送去給別人當養女了。」

啊？

「我們家的遠親有人移民去了南美，那個人沒有孩子，於是就收養了真紀。」

……養女？所以真紀現在……

「她現在還活著啊，並沒有死。」

不會吧？我一直以為她早就死了……克子阿姨也說「真紀死了」。

「她可能想把真紀當成死了，消除自己內心的罪惡感。」

罪惡感。

「因為克子姊一直很後悔，說自己拋棄了真紀，是很過分的媽媽。」

我的疲累已經到了無法忍受的程度。

但身為作家的好奇心更加強烈。

「所以真紀還活著嗎？」

我費力地擠出聲音，但聲音幾乎聽不到。

「喂，你真的沒問題嗎？聲音很沙啞，是不是哪裡不舒服？」

這種事根本不重要，所以真紀還活著，對嗎？

「她還活著啊……不久之前，還寄了明信片給我。」

明信片？

「對，突然收到她的明信片，我也大吃一驚……啊啊，對了，她上面還寫了奇怪的內容。」

奇怪的內容？

「咦？我把明信片放去哪裡了？你等我一下，我記得在這裡……啊，找到了，找到了。就是這張，就是這張明信片……她在明信片上寫，『我看了小說』。我想應該是說你的事，她應該看了你寫的小說。」

真紀看了我寫的小說？

「還有，她還寫『這也是一種緣分』……這是什麼意思？你知道嗎？」

什麼意思？

這也是一種，緣分？

但是，我已經說不出話，呼吸變得格外痛苦。

身體很沉重……我無法呼吸。

「你真的沒問題嗎？」

我媽的聲音越來越遙遠。

完全有問題。救護車。必須趕快叫救護車。

……呼吸、我無法呼吸。

……身體就像是火球。

……腦袋好像快爆炸了。

我沒有回答我媽的問題，就掛斷了電話，隔絕了我媽的聲音。

在想按119的那瞬間，我就失去了意識。

*

「噗噗噗呼。」

通知收到電子郵件的可怕聲音響起。

我緩緩從沙發上爬了起來。

呃，我本來在幹嘛？

記憶陷入混亂。

我慌忙撿起記憶的碎片。

呃……我去了國分寺找靈媒，靈媒說有生靈附身在我身上，所以我才會感到身體沉重，即使回到家之後，身體仍然很沉重，然後接到我媽的電話，說真紀還活著。我的身體越來越沉重，呼吸困難，之後就——

我似乎昏了過去。

但是現在不再喘不過氣，身體也可以活動。

只是身體很燙。

喉嚨也好像快燒起來了。

啊，對了。

剛才好像聽到了電子郵件的聲音。

抬頭一看，發現書桌上的電腦亮著。

啊，我又想起來了，我當時在寫稿子。寫到一半時，想起今天要去國分寺——

稿子寫到一半？

啊，慘了。小說《不可思議》最後一章的截稿期……不就是今天嗎！

該不會是編輯寫電子郵件來催稿？

我像青蛙一樣，從沙發跳到書桌前。

電子郵件的收件匣內出現了「尾上茉日」的名字。

尾上茉日?!

我渾身就像被澆了一盆冷水，身體冰冷，漸漸凍結，難以想像前一刻還像火球一樣發燙。

我將全身的力氣集中在幾乎已經變得像石頭般僵硬的指尖，握住了滑鼠。

我是淀橋書店的尾上茉日。

感謝您一直以來的關照。

老師，我知道了……正確地說，是我想起來了！

我想起第三個女人是誰了！我想起她驚人的身分了！

……啊，對不起，我聽到護理師的腳步聲。如果被護理師發現我在寫電子郵件，又會挨罵了。

改天再和您聯絡。

尾上茉日　敬上

又及

老師，希望第三個女人不會去找您。

又是這封電子郵件。

饒了我吧……！

雖然淀橋書店說是因為伺服器故障，導致電子郵件寄達的時間延誤，但像這樣一次又一次重複寄來，未免太奇怪了。

而且是死人寄的電子郵件。

沒錯，尾上茉日已經死了！

她絕對已經死了！

但是為什麼至今仍然會收到那個女人的電子郵件？

為什麼？

「噗噗噗呼。」

電子郵件的聲音再度響起。

老師，真遺憾……第三個女人似乎也去找您了。

您是否覺得身體很沉重？是不是好像沉入海中無法呼吸？

那些都是第三個女人幹的好事。

就是一頭像海藻一樣彎曲黑色中分長髮的女人。

老師，您知道她是誰嗎？

不知道，我不認識這個女人！

百合子說，那個女人是生靈，但我完全不知道到底是誰！

啊，該不會？

該不會克子阿姨還活著？

然後她很恨我，所以一直附身在我身上？

雖然我不知道克子阿姨為什麼要恨我。

啊，是不是因為那件事？

因為我說「我討厭真紀」，拒絕了那個法國娃娃？

啊……我慢慢想起來了。

克子阿姨打我耳光的那一天，我很生氣，所以就趁克子阿姨不注意，用麥克筆在法國娃娃的禮服上塗鴉，寫了「笨蛋」兩個字。

對，那天之後，我就沒有再見過克子阿姨。

因為她絕對在生氣，一定在生氣。所以……

啊啊，我要向我媽確認。

克子阿姨是不是其實還活著？

就好像真紀還活著一樣，克子阿姨是不是也在某個地方活得好好的？

手機，手機在哪裡？

「噗噗噗呼。」

又來了。尾上茉日又傳了電子郵件！真的放過我吧！到底是怎麼回事！

老師，

我想起來了。

就是關於M公寓的事。

雖然被認為是我不小心從那個房間的窗戶墜樓，但事實並非如此。

我是被推下樓的。

沒錯，我是被人推下樓的。

……………

老師，您真的不知道嗎？

老師，您旁邊有鏡子嗎？

如果有鏡子，請您去看一下。

請您去看一下鏡子中的人。

鏡子？

有鏡子，書桌旁就有一個穿衣鏡。

我戰戰兢兢將視線移向鏡子。

然後看到了那張臉。

一頭像海藻一樣彎曲黑色中分長髮的女人。

啊！我忍不住用手遮住了眼睛。

……鎮定，鎮定。這只是幻覺。因為我身體不舒服，所以才會看到這種東西……

不，不對，等一下……我好像在哪裡看過這張臉。沒錯，這是我認識的人。那一頭天然鬈的頭髮，髮梢卻筆直，簡直就像燙過平板燙……啊？不可能吧……

尾上……茉日？

沒錯，就是我。第三個女人就是我……起初我也沒有發現是我自己。因為我花了大錢把頭髮燙直，沒想到又恢復了原本的鬈髮……但是，那就是我。我的靈魂離開了肉體，看著躺在床上的我……也就是所謂的生靈。也許我的「犬神」其實就是我自己。在我領悟到這件事的瞬間，我命令我的生靈去找您。

沒錯，老師，是我附身在您身上。

為什麼……？

老師，您應該最清楚為什麼。

……老師，您不是和我一起去了M公寓的那個房間嗎？您當然記得吧？

……我說要獨自去M公寓採訪，您說也要一起去……所以，我們一起去了那個房間。

……走進房間後不久。

老師，您突然撲向我了吧？

……我看到您撲過來，立刻閃躲逃跑，您追了過來，一直把我逼到窗前。

我仍然奮力抵抗……您就把我推下去了。

不是，那只是不小心……那是意外，是意外……！
因為我做夢都沒有想到，那扇窗戶的玻璃竟然有裂縫。
我做夢都沒有想到，窗戶的玻璃竟然那麼輕易破裂。
所以……

但不管怎麼說，都是您把我推下樓的，對不對？

不是，那是、那是……
那是……

您就承認吧。老師，是您把我推下去的吧？

對啦！……就是我把妳推下去的。
誰教妳不答應我的要求。

所以……

但我並不是故意的。我一再重申，那只是不小心，是意外！

唉唉，這種事不重要。

我的身體好沉重。

我無法呼吸。

簡直就像沉入了大海。

身體越沉越深，肺裡的水越積越多。

啊，救命。

我的呼吸、呼吸、呼吸、呼吸……………

4

二〇一九年十二月的某一天。

黑田佳子走進西新宿高層大樓內的書店時，在門口被淀橋書店的佐野部長叫住了。

佳子來這家書店想瞭解自己負責編輯的書籍銷量，佐野部長似乎也是基於相同的理由出現在這裡。

太尷尬了。因為她已經從淀橋書店離職了。

佳子毫無意義地一直推著黑框眼鏡的鼻橋。

「好久不見……」她小聲回答。

「怎麼樣？最近還好嗎？」

「呃，很好……託部長的福。」

「如果有什麼問題，隨時歡迎妳回來。」

「呃，好……謝謝。」

「……啊，對了，聽說妳是小谷老師的責任編輯？」

「呃……對。」

「真是太遺憾了……他才五十多歲吧？還這麼年輕。」

小谷光太郎是實力派推理作家，佳子上個月在江戶川橋一家歷史悠久的飯店吃午餐時，最後一次見到他，沒想到他在一個星期後竟然死了。

「他寫了不少好看的小說……雖然這個人有不少問題。」

沒錯，小谷光太郎是文壇出了名的「色老伯」，有好幾名女編輯都曾經被他性騷擾過，他也曾經用色迷迷的眼神看著佳子……啊啊，討厭討厭，光是回想起這件事，全身就起了雞皮疙瘩。

「聽說小谷老師是在家中被人發現的？」

「對，他的母親和他通電話時覺得不太對勁，於是就去了小谷老師家，結果發現他已經……」

「這樣啊……」佐野部長深有感慨地抱著雙臂，「真的是太遺憾了，我還很期待他在《轟鳴周刊》上連載的小說《不可思議》，那部小說很有趣……聽說他是心臟衰竭死亡？」

「嗯……是啊……」

雖然這是官方說法，但佳子懷疑應該是罹患了那種感冒。

因為F出版社目前也正在流行神秘的感冒。同事里見和鈴木局長都得了這種感冒住院治療，自己的身體狀況也出了問題，昨天之前都在家靜養。

小谷老師應該也感染了那種神秘的感冒，因為里見和自己都曾經吐在他身上。

但這是F出版社內的機密，不能輕易對外透露，所以必須對外聲稱，小谷老師是因為「心臟衰竭」死亡。

「對了，之前柿村孝俊老師也在今年十月突然死亡，他的年紀更輕……也是因為心臟衰竭。」

柿村孝俊老師應該也得了神秘的感冒。里見是柿村老師的責任編輯，之後預定由佳子接手，佳子在十月初時，曾經和柿村老師一起吃過飯。

沒錯，F出版社內流行的神秘感冒除了造成公司內部的人感染，還影響到作家和客戶，即使去做流感檢查，也都是陰性，真的是神秘的感冒。

……佳子大致知道感染源。

那就是她自己。

從淀橋書店離職，決定要去F出版社時，佳子利用了一直沒機會用的年假，回去自己出生的故鄉南美，那時候當地流行著神秘的感冒……

佳子摸著手臂。這件事絕對不能讓別人知道，她決定要帶進墳墓。

「對了，妳還記得尾上茉日嗎？」

佐野部長突然改變了話題。

「啊？尾上小姐嗎？我當然記得她。」

「她上個星期去世了……就在小谷老師去世的隔天。」

「啊？上個星期？……咦？但是，她不是很早之前就死了嗎？……我記得是在今年五月的時候。」

「不，我原本也這麼以為……但她似乎只是變成了植物人，其實之前一直都還活著。」

「植物人？」

「對，她的家人一直隱瞞著這件事。因為尾上出身世家，所以他們家的人可能很在意面子。話說回來，這真的太殘酷了，明明還活著，卻說她已經死了。」

「……是啊。」佳子再度摸著手臂。

「因為之前一直沒有舉行喪禮，所以我就覺得很奇怪。」

「對，我也覺得有點不太對勁……」

「話說回來，尾上為什麼會從窗戶墜樓呢？」

「啊？」

「我一直認為是有人把她從樓上推下來。」

「怎麼回事？」

「雖然尾上說是獨自去那棟公寓採訪……但是好像有人和她同行，有人看到了他們。」

「誰和她一起去？」

「嗯，這就不知道了。」佐野部長說完，聳了聳肩，壓低聲音說：「但是搞不好——」

佐野部長說到這裡，視線看向遠方。佳子順著他的視線望去，發現認識的書店店員正向他揮手走過來。

佐野部長也向店員揮著手。

「啊，不好意思，和妳聊了這麼久……那妳就多保重。」

佐野部長跑向書店店員，佳子獨自留在原地。

*

當天晚上，佳子的手機接到了住在南美的母親打來的電話。

「我聽說了，小谷光太郎死了。」

佳子想起母親的書房內有一排小谷光太郎的書。回想起來，佳子也是因為這個原因對小谷光太郎產生了興趣，也成為他的書迷，所以才會在日本的出版社工作。但實際見到小谷光太郎之後，發現他根本是一個色老伯，感到很失望。但佳子不打算向母親提這件事，因為她不想破壞母親身為書迷的夢。

「才不是呢，我根本不是他的書迷，而且我根本不喜歡看推理小說。」

「啊？既然這樣，那妳為什麼蒐集小谷光太郎的書？」

「因為光太郎是我的表弟。」

「什麼？」

「我沒告訴妳嗎？我小時候送人當養女，所以才會來到南美。」

「嗯，這我知道，因為當時無法繼續在日本生活，所以就來到南美了。」

「光太郎就是我的親生母親，也就是妳外婆的侄子。」

「是、是嗎？」

「之前得知妳成為光太郎的責任編輯，我就覺得，哇——好厲害，這就是所謂的緣分……」

佳子的心情難以形容。

小谷光太郎竟然是……我的表舅？

自己或許是害死表舅的原因之一。想到這裡，胃裡就湧起一陣苦澀。

但是佳子悄悄把這股苦澀吞了下去。

「緣分真是太不可思議了。」

母親嘆著氣說。

於是佳子也嘆著氣回答說：

「是啊，真是不可思議呢。」

國家圖書館出版品預行編目資料

不可思議 / 真梨幸子 著；王蘊潔 譯-- 初版. --
台北市：皇冠, 2022. 09
面; 公分. --(皇冠叢書；第5047種)（大賞；141）
譯自：フシギ
ISBN 978-957-33-3930-4（平裝）

861.57　　111012166

皇冠叢書第5047種
大賞｜141

不可思議

フシギ

作　　者—真梨幸子
譯　　者—王蘊潔
發 行 人—平雲
出版發行—皇冠文化出版有限公司
臺北市敦化北路120巷50號
電話◎02-27168888
郵撥帳號◎18999606號
皇冠出版社(香港)有限公司
香港銅鑼灣道180號百樂商業中心
19字樓1903室
電話◎2529-1778　傳真◎2527-0904
總 編 輯—許婷婷
責任編輯—蔡承歡
美術設計—張巖
行銷企劃—蕭采芹
著作完成日期—2021年
初版一刷日期—2022年9月

法律顧問—王惠光律師

讀者服務傳真專線◎02-27150507
電腦編號◎506141
ISBN◎978-957-33-3930-4
Printed in Taiwan
本書定價◎新臺幣380元/港幣127元